クラッシュ・ブレイズ

オンタロスの剣

茅田砂胡
Sunako Kayata

C★NOVELS Fantasia

口絵
挿画　鈴木理華
DTP　ハンズ・ミケ

1

「当時の記録を調べてみたわ」

ダイアナが妙に慎重な口調でそう言い出した時、その言葉の意味がケリーにはわからなかった。

視線だけで問い返すと、長年の相棒は少しばかり複雑な顔で続けた。

「——ゾーン・ストリンガーは自分があの毒ガスをつくったと言ったんでしょう」

「ああ」

「だけど、そんなはずはない。そんな主要人物ならわたしが名前を知らないはずはない。変だと思って調べてみたのよ。——そうしたら確かに軍研究所に在籍はしていたわ」

六十五年も前の記録だ。しかも、その対象となる国家ウィノアは既に存在しない。

そんなものの記録がどこに残っていたのかとは、ケリーは聞かなかった。黙って耳を傾けた。

「ストリンガーは当時二十三歳。軍研究所に配属を命じられたばかりの新米科学者だった。軍属学者は西ウィノアでは選良《エリート》の経歴だから将来を嘱望《しょくぼう》されていたのは確かなんでしょうけど、なんの実績もない新人ですもの。研究現場ではいくらでも替えの効く雑用係の一人に過ぎなかったはずよ。事実、研究班《チーム》の中に名前も残っていない。——それを自分がつくったとはね。よく言ったものだわ」

ケリーは肩をすくめた。

そんなことではないかとうすうす思ってはいたが、馬鹿な話だ。雉《きじ》も鳴かずば打たれまいの典型である。

「まあいいさ。終わったことだ」

「ええ、今回のことは終わったことかもしれない。だけど、ケリー。ストリンガーと同じことを考える人が他にもいないとは限らないわよ」

ダイアナは真顔で指摘した。

「それどころか、不老不死を求める人はいくらでもいると見るべきでしょうね」

「俺は少なくともそれには該当してないつもりだぜ。いっぺん死んだのは間違いないんだからな」

「なお悪いわよ。一度は死んだのに蘇《よみがえ》るだなんて、それこそ不死鳥みたいじゃない」

「あれは何度死んでも生き返るっていう霊鳥だろう。俺は違うぜ。二度目はない。それは天使がはっきり断言してることだ」

ダイアナはますます真剣な顔になり、画面の中で身を乗り出した。

「わかってるわ、ケリー。わたしにはわかっている。問題はね、あなたがそのことを自覚しているように、他の人たちもその厳粛《げんしゅく》な事実を事実として理解してくれるのかしらってことなのよ」

投げやりに肩をすくめたケリーだった。

死んだものは生き返らない。

肉体の朽ちたものは二度と戻ってくることはない。

それが自然界の絶対法則だ。

ケリーもかつてはそう思っていた。

正直なところを言うなら、自分がその絶対法則を覆《くつがえ》す羽目になってしまった今でも思っている。

自分が一度死んだ身であることを、ケリーは充分自覚していた。

それもただ蘇生《そせい》したわけではない。

死んだ時よりおよそ四十歳も若い姿で戻るという破格の非常識を体現してしまっている。

呆れると同時に感心したケリーは生きて戻った後、ダイアナによる検診を受けてみた。

本職は宇宙船の感応頭脳のダイアナだが、同時に医学界の最高の頭脳の一人であると言ってもいい。

その彼女の能力をもってしても、ケリーの肉体が再生されたものである確証は摑めない、その痕跡を認めることは何らできないというのである。

これが医者や科学者なら、理解不能の怪奇現象を

前にして頭を掻きむしったに違いないが、ケリーは、

「天使の起こしてくれた奇跡だからな。人間の常識なんざ通用しねえよ」

と、あっさり納得してしまっていた。

とはいうものの、ケリー一人だけが天使の恩恵に与《あずか》ることを納得しない人間も当然いる。

連邦情報局長官のヴェラーレンもその一人だった。

彼は最愛の息子を交通事故で失った。そのことをどうしても認められずに息子の蘇生を望んだのだが、あの天使はそれは不可能だという。

ケリーはあくまでも稀《まれ》な例外だったというのだが、これには当のケリー本人が一番首を傾げている。

「俺のどこが他の人間とそんなに違うんだ？」

端末画面の中でダイアナも肩をすくめている。

「難しいわね。現代科学ではそもそも魂《たましい》の存在を立証できないんですもの。まして素材の違いなんか調べようもないわ」

その素材が何より大事なのだと天使は言うのだが、それでは納得できない人間がいるのも当然だった。

ストリンガーしかり。

クーア財閥の役員もしかりだ。

五年前に死んだクーア財閥総帥が、実体となって戻ってきたことを知っている人間はそうはいない。

金銀天使と、その知り合いでケリーと同じ立場のゾンビ二人。他にはクーアの役員たち。

崩壊した《ダイダロス・ワン》の関係者を忘れるわけにはいかないが、彼らはただの職員だ。

真の意味での連邦関係者となると共和宇宙全域を探しても十人しかしない。

連邦主席とその側近たちで七人。前主席のラグン。主席の祖父のマヌエル一世。

そして情報局長官ヴェラーレン。

しかし、これらの人々は決してこの問題について人前で語ることはない。

もちろん人間のすることだから絶対はあり得ない。

何かの拍子に信頼する相手に打ち明ける可能性が

ゼロとは言えない。しかし、この場合、その知人もそれなりの社会的地位を持つ人間のはずだ。

情報産業関係者《マスコミ》のように『公表しないのは社会的損失になる』などと騒ぐはずもない。

仮にそんな事態になったとしたら、話したほうが責任を持って対処するだろう。

では何故ストリンガーは今のケリーが生き返ったクーア財閥総帥本人であることを知っていたのか。

民間人には入手困難なはずのウェルナー級戦艦をどこから調達したのか。

そうしたことがようやく気になり始めていた。

「七十二年生きても俺もまだまだだな……」

思わず呟《つぶや》くと、長年の相棒が雑《ま》ぜっ返した。

「あら、それなら気にしなくても大丈夫よ。あなた、七十過ぎにはとても見えないから」

「見えてたまるか」

売り言葉に買い言葉で返しながらも、あらためて不思議に思う。

七十二歳で死んだ記憶と、鏡を覗《のぞ》いた時に見える三十歳そこそこの今の肉体と、その両方がまったく矛盾《むじゅん》しないことに。

前の人生は前の人生。今の自分は今の自分。

呆れるくらい自然にその切り替えができている。

そう言うと、ダイアナは眼を輝かせて手を打った。

「わかった。きっとその図太い神経が、天使さんがあなたを例外だって言う理由なんじゃない？」

ケリーは真面目に反論した。

「俺の神経はおまえほどは図太くないはずだぜ」


共和宇宙連邦には一般にはあまり存在が知られていない施設や機関が数多くある。

連邦安全対策委員会もその一つだ。

主席直属の委員会だが、時としてその主席にさえ諮《はか》らずに超法規的措置を決定することもある。

その代表者たちが今、会合を開いていた。

「連邦情報局内からもたらされた情報によりますと、

ルーファス・ラヴィーと称する若者には死者を蘇生させる能力がある――これは間違いのない事実です。ケリー・クーア自身がそう語っています」

別の一人が手元の資料を見ながら言う。

「――そのルーファス・ラヴィーですが、彼がラー一族の一員であることは間違いありません。しかし、人間として人間社会で生活する都合上、特殊能力はすべて封印されているとのことです」

「さらにこれは主席顧問から聞き出したことですが、ルーファス・ラヴィーは自らの意思ではその能力を解放できない。どんな苦境に陥《おちい》っても、たとえ自らが生命の危機にさらされたとしても――その能力が発動することはあり得ないと、ガイアがそのように明言したというのです」

他の委員席から訝《いぶか》しげな声が上がった。

「一般市民と何ら変わりはないということか？」

「ならば話は早いではないか」

決めつけるような口調だった。

相手は無力な一般市民、一方こちらは司法機関を支配下に置いている。堂々と出頭命令を出せば済む話だが、一人が咳払《せきばら》いして続けた。

「残念ながら、まったく問題がないというわけには参りません。ルーファス・ラヴィーに接触を許せばエドワード・ヴァレンタインに接触したも同然です。この点が最大の障害になります」

一同、ちょっと押し黙った。

その名前は彼らにとっても『鬼門』だったからだ。

ここにいる人間たちは全員、自分を一般市民とは考えていない。無知蒙昧《もうまい》な民衆を自分たちが導いてやらなければならないのだという使命感すら感じている人種だったが、それだけに『触らぬ神にたたりなし』という格言を知っていたし、重んじてもいた。

そのくせルーファス・ラヴィーには接近しようと言うのだから矛盾しているが、不老不死の秘密なら多少の危険を冒しても獲得するだけの値打ちがある。

「しかし、理解に苦しむのだが、その少年のどこがそんなに障害になるのかね？」

「わたしも同感だ。その少年は一般市民だろう？」

「父親は辺境惑星の州知事をしていると聞いたが、そのくらいなら何とでもなるのでは？」

「それが、そういうわけにもいかないのです」

答える声は慎重だった。

「こちらに回されてきた書類では最優先項目として、少年にも少年の家族にも接触すること厳禁、監視もいっさい禁止とあります」

これにはあちこちから不満の声が上がった。

連邦安全対策委員会は主席直属の機関ではあるが、主席の側近とは言えない。この委員会の顔ぶれは『エドワード・ヴァレンタイン及びその家族に接触してはならない』という命令は聞かされていても、理由までは知らされていないのだ。この辺が連邦という巨大組織の弱点であり、限界でもあった。

「前主席からの申し送りということもありますし、これぱかりは主席も決して承諾しないでしょう」

「やれやれ……」

「そんな子どもにいいようにあしらわれるとはな。共和宇宙連邦も墜《お》ちたものだ」

何人かが舌打ちしたが、その勢いはいかにも弱い。

ここにいる面々は自分たちこそが連邦を管理し、実権を握っているのだと自負する人々でもあるが、少なくとも彼らの任命権が現主席にあることだけは疑う余地がない。おおっぴらには逆らえないのだ。

「ま、そこまで難しく考える必要はないでしょう。何と言っても相手はまだ十三歳の子どもです。何か熱中できる対象を与えてやればよい」

どんな相手にも弱点はあるものだ。三度の飯よりこれが好きという運動競技《スポーツ》、自動車や宇宙船の競走《レース》、少年なら遊戯《ゲーム》の類《たぐい》、渋いところでは釣り、もしくはスタンプやコイン、ポスターの収集等々……。

そして何より十三歳の少年がもっとも興味を示す対象と言えば異性に決まっている。

「この少年の嗜好《しこう》は？」

「ガールフレンドはいないのかね？」

「特に憧れているような女優や女性歌手は？」

相手を取り込むために酒を呑ませて女を抱かせて弱みを握って思い通りに操るのは諜報機関の基本だ。

十三歳の少年にそれを応用しようというのだから呆れた話だが、一人が少年の人物紹介《プロフィール》を眺《なが》めながら曖昧《あいまい》な返事をした。

「それが……特定の少女と交際している様子はなく、特に興味を示すタレントもいないとのことです」

委員会の面々は拍子抜けしたが、もちろんそれを額面通りに受け取ったりはしなかった。

2

授業が始まる前の時間はいつもざわついている。

男の子も女の子も他愛もないおしゃべりに夢中になっているからだ。大教室ならなおさらである。

リィとシェラも男の子たちの中にいて、愛想よく耳を傾け、適当に相づちを打っていたが、そのうち一人の少年が大胆にもこんなことを言った。

「なあ、ヴィッキーならどんな子がいい？」

話の脈絡が摑めなくて、リィは緑の眼を見張って問い返した。

「どういう意味だ、それ？」

「そりゃ……つきあいたいとか、彼女にしたいとか、そういう意味に決まってるけど」

その声がだんだん弱気になったのも無理はない。

尋ねた相手ははっきり言ってこの教室にいる女子生徒の誰より美形だったからだ。

花も恥じらうという言葉があるが、この少年ならその花も恥じるどころか驚いて腰を抜かすだろう。

そのくらい桁外《けたはず》れの美貌《びぼう》だった。

リィは少し考えて、至って普通の口調で答えた。

「そういうことならおれはジャスミンがいいな」

横にいたシェラが何とも言えない顔になったが、質問した少年は驚いた。仰天《ぎょうてん》して叫んだ。

「誰だよ、ジャスミンって！」

近くにいた少年たちもこの話に飛びついた。

「ヴィッキー、彼女がいるのか！」

「フォンダム寮の子か？　なあ、教えろよ」

教室の女の子たちは素知らぬふりを装いながらも、この会話に全神経を集中させて聞き耳を立てている。

彼女たちの間でもヴィッキーの美貌は常に注目の的だったし、彼はどんな女の子が好きなのだろうと常々囁《ささや》き合っていたからである。しかし、もちろん、男の子たちは誰もその気配に気づかなかった。

リィにも少年たちが何故そんなに眼の色を変えているのかわからなかった。不思議そうに首を捻《ひね》った。

「そんなに興奮するようなことか?」

少年たちが焦《じ》れてさらに迫ろうとした時、教室の扉が開いた。

遅れてきたらしい女子生徒がひとり入って来たが、とたん教室が大きくざわめいた。

女の子たちは押さえきれない歓声を上げているし、男の子たちもぽかんとその少女に見入っている。

確かに見惚《みほ》れるに足る美少女だった。

抜けるように色が白く、頭は小さく、手足は長く、身体つきもほっそりと華奢《きゃしゃ》である。

「セラフィナよ、あれ」

「本物?」

女の子たちは驚きと興奮を抑えかねてひそひそと話し、男の子たちも眼を丸くして少女の一挙一動を見守っているが、リィには見覚えのない顔だった。

「知り合いか?」

「何言ってるんだ！　モデルのセラフィナだよ！」

弱冠十四歳ながら中央銀河では絶大な人気を誇るトップモデルだと少年たちは力説したが、あいにくリィは芸能方面には極めて疎《うと》い。

その事情はシェラも同様だったので首を傾げた。

「モデルというのはファッション・モデル?」

「そうだよ！　なんでセラフィナがここに——」

男の子たちは憧れの美少女が眼の前にいることが信じられないでいるらしい。唖然《あぜん》としている彼らにリィはちょっと疑わしそうに問いかけた。

「そのセラフィナを知ってるってことは——みんな女の子用の服飾誌なんか見るのか?」

何とも的はずれなこの疑問には少年たちが憤然と反論した。

「見るわけないだろう！」

「セラフィナは写真集も出してるんだよ！」

彼女は有名人で、自分たちくらいの年齢の少年でセラフィナを知らない子なんかいないぞと言われて、リィはますます眼を丸くした。

「そんな人気者とは知らなかった」

まるっきり他人事《ひとごと》の口調である。

連邦大学には決まった学級《クラス》というものはない。

選択した講義に学生が集まる仕組みになっており、それは中等部でも例外ではない。

しかし、今までアイクライン校内でセラフィナの姿を一度も見たことがないのは確かだった。

教室中の眼が注目する中（ただしリィとシェラの翠緑玉《エメラルド》と紫水晶《アメジスト》の二組の眼を除いて）セラフィナは適当な席に着き、見るからに慣れていない手つきで学生証を机に差し込んだ。

講師が入って来て授業が始まった。

この講義は質疑応答方式である。生徒の机に挿入された学生証によって、講師にはどの生徒がどこに座ってこの講義に参加しているか一目でわかる。

「十二番ミス・ミルトン。連邦の設立年月日とその意義は？」

「はい。宇宙全体の安定と秩序の維持を目的として、標準暦七三八年、六月十七日に設立されました」

「その設立にもっとも貢献《こうけん》した人物を一人上げるとするなら誰かね？　二十九番ミスタ・ロデュー」

「ぼくはドナルド・キース・ジェリクルを上げます。彼は当時の大国だったケランドの出身で、大統領に就任する以前から各国の実力者に積極的に働きかけ、初の先進国首脳会議の開催に成功しました。それが共和宇宙連邦の前身であり母体でもあります」

「今のミスタ・ロデューの見解に異論はあるかね？　三十二番ミス・セブ」

「はい。わたしはジェリクルではなくフェビアン・デパルデュこそ連邦設立の真の功労者だと思います。彼は当時新興国家だったマース共和国の一外交官に過ぎませんが、各国に強力な人脈を築いていました。彼の尽力があったからこそ先進国首脳会議の開催も可能になったと考えます」

こんな感じで答えられないと減点がつくわけだ。

決まった正解というものはないが、自分の意見をわかりやすく明快に述べることが求められ、それができなかったり発表に手間取ったりすると不解答と見なされる。一刻も気が抜けない。

「では創成期の連邦と現在の連邦では何がもっとも異なる点だと思うかね。十九番ミス・ブランカ」

どこからも答える声はなく、講師はちょっと顔をしかめた。教卓で何か操作をすると、セラフィナの机の一部が赤く光って小さな電子音を立てた。

「予習していなくては授業に参加する意味がないぞ、ミス・ブランカ。——次から気をつけるように」

この教室の机にはそれぞれ番号が振られているが、セラフィナは明らかに教室の仕組みも受講の仕方も知らなかったらしい。つまりは今の自分が十九番であることを自覚していなかったのだろう。いきなり光った机に驚いた顔をしていた。

授業が終わると、いつもなら生徒たちはさっさと教室を出て行くはずが、今日はみんな動きが遅い。

セラフィナの動向に注目しているのだ。そんな中、セラフィナの眼は自分に見向きもしなかった二人の生徒に向けられていた。芸能人ではなさそうだが、二人ともとてもきれいな顔立ちで自分と同じくらい目立っている。その背中に声を掛けた。

「待って——あたし、セラフィナ・ブランカ」

「ヴィッキー・ヴァレンタイン。こっちはシェラ・ファロットだ。——おれたちに何か用か?」

振り返ったリィはいつもの口調で答えたが、その素っ気ない口調にセラフィナは面食らったらしい。が、すぐににっこり笑って言った。

「あたし、短期受講生なのよ。仕事が忙しくて——今日初めて登校したの。だから、よかったら授業の受け方とか学校の中とか教えてくれない?」

その頃には男子生徒の嫉妬《しっと》と羨望《せんぼう》と怨嗟《えんさ》の視線を全身に感じていたリィは笑って首を振った。

「遠慮しておく。男子一同に殺されそうだ。みんなセラフィナの贔屓《ファン》だそうだから彼らに頼めば？」

「あなたは違うの？」

聞きようによっては何とも傲慢《ごうまん》に取れる台詞《せりふ》だが、口調は至って無邪気《むじゃき》なものだ。

彼女にとっては自分を知らない、興味を示さない少年がいることが信じられないのだろうが、リィはさらに苦笑した。

「今日までセラフィナの顔も名前も知らなかったよ。——じゃあな」

シェラもこの間、ずっと困惑顔で微笑していたが、軽く頭を下げてリィに続いた。

しかし、廊下に出ると思いがけない人物が二人を待ち受けていたのである。

見知らぬ男が興奮した様子で声を掛けてきたのだ。

「きみ！　ちょっと待って、きみたち！」

年齢は四十前後、髪型も服装も妙にけばけばしく、どう見ても中学校に似つかわしい人間ではない。

穴の開くほど熱心にリィとシェラの顔を見つめて、男は身分証明書を差し出してきた。

「ぼくはこういうものなんだけど——」

名前を見ればトム・ワトキンスとある。

その横には複数の肩書きが麗々《れいれい》しく並んでいる。

芸能関係のようだが、何をする仕事なのか見当がつかないものばかりだった。

首を傾げている二人にワトキンスは言った。

「きみたち、モデルをやってみないかい？」

「はあ？」

「何ですって？」

二人ともぽかんとなった。

ワトキンス氏が意気込んで語ったところによると、彼はモデル業界ではちょっと知られた顔で、現在はセラフィナの渉外係《マネージャー》として活躍しているという。

校内にいたのもセラフィナを迎えに来たからだが、連れだって廊下をやって来るリィとシェラを見た時、彼に言わせれば『電撃』が走ったのだそうだ。

「いやもう本当に驚いたよ。宗教画から抜け出した天使が眼の前に、それも二人も！　現れたと思った。新人の発掘に賭けて、ぼくの眼は狂ったことがない。その眼に掛けて断言する！　きみたちは間違いなく、セラフィナ以上のトップモデルになれる！」

リィは奇妙な動物でも見るような眼で自分の前に立ちふさがった男を見上げていた。

「おれもこっちもこんな顔でもれっきとした男だが、それでも少女服のモデルなんかできるのか？」

「いやあ、いいねえ！　実にいい！　きみたちならボーイッシュな少女服を着せても全然違和感がない。むしろ女の子には受けるんじゃないかな？」

世の中にはずいぶん変わった趣味の人間がいると思いながらリィは連れに問いかけた。

「どうする、シェラ？」

「わたしはあなた次第です」

「おれは必要以上に目立つのはごめんだ」

「でしたらわたしも御免蒙《ごめんこうむ》ります」

シェラはにっこり笑って銀色の頭を軽く傾げた。

「そういうことですので、悪《あ》しからず」

とてもとても中学生とは思えない言葉づかいだが、ワトキンスも食い下がった。

「待ってくれ！　簡単に決めつけるのは早すぎるよ。きみたちに気の進まない仕事をさせるつもりは毛頭ないんだ。女の子の服を着るのがいやだというならその辺はもちろん考慮するとも。そうだ！　一度、撮影の雰囲気を見てみるといい。セラフィナの他にモデルが何人も集まるんだよ。タムにポーリーン、それにもちろんスワンクとゴールディも」

「知らない人の名前をそうぞろぞろ出されても困る。――それじゃ急ぐから」

ワトキンスはそれでも諦《あきら》めなかった。二人の前にあくまで立ちふさがって行く手を塞《ふさ》いだのだ。

「何を言ってるんだ。彼女たちを知らないって？」

仰天しているところを見ると十代の少年少女の間では圧倒的な人気を誇っている名前なのだろうが、リィは男を見上げて静かに言った。

「ミスタ・ワトキンス。おれは一応ここの生徒で、勉強のために親元を離れてきてる。今の連邦主席を知らないっていうならともかく、モデルの女の子を知らないからってそこまで驚かれる覚えはないぞ」

「わたしもこの人も芸能関係には疎いものですから、セラフィナさんのお名前も先程初めて知りました」

ワトキンスは呆気にとられて二人を見送ったが、一度や二度拒絶されたくらいで引き下がったのではスカウトマンは務まらない。

金銀天使には冷たく拒絶されても、セラフィナの渉外係《マネージャー》という肩書きは他の少女たちには効果抜群で、ワトキンスはたちまち二人の名前と寮を突き止めた。

しかし、フォンダム寮まで押しかけていくようなへまはしない。セラフィナを迎えに来たというのも本当のことだったから、彼はひとまず本来の仕事に専念することにした。

アイクライン校にセラフィナがやって来たことは半日も経たずに生徒の間に広まった。

その夜、アイクライン校生の多いフォンダム寮もこの話題で持ちきりだった。そのセラフィナからの誘いをすげなく断ったリィのこともだ。

他校生の少女たちはアイクラインの少女たちからこの話を聞くと、いっせいに驚き呆れて訴えた。

「ヴィッキー、本当にセラフィナを知らないの？」

「信じられない！」

さらに、あの場にいたアイクラインの少年たちは興味津々《しんしん》の顔つきでリィに迫ったのだ。

「なあ、それじゃあさ、セラフィナとジャスミンを比べたらどっちが可愛いんだ？」

彼は単なる好奇心のつもりで口にしたのだろうが、リィは真顔で言い返した。

「そりゃあセラフィナのほうが可愛いと思うぞ」

公正な人だ、隣で聞いていたシェラはそう思った。

だが、尋ねた少年はこの答えを聞いて少なからず面食らったらしい。

「なんで？」

今度はリィが不思議そうな顔になる。

「なんでって、何が？」

「……だってヴィッキーはジャスミンとつきあっているんだろう？」

そんなことは言っていないとリィが断るより先に、正面で食事を摂っていたジェームスが驚いた。

「何だって？」

先の少年が一部始終を説明すると、ジェームスは今度こそ眼を剝《む》いてリィに詰め寄ったのである。

「ヴィッキー！　ジャスミンってまさかあれか⁉ あれのことなのか⁉」

「ジェームス。その言いぐさは女性に失礼だぞ」

リィは冷静に言い諭《さと》したが、フォンダム寮の少年少女たちはこの展開にわっと歓声を上げたである。

「知らなかった。ヴィッキーに彼女がいるの！」

「誰だよ！　ジェームス、知ってるのか？」

「教えろよ。どんな子なんだ？」


尋ねられたジェームスこそ災難だった。

これほど答えに窮《きゅう》する問いも他になかろう。

しどろもどろになっていると、リィが言った。

「それは違う。おれはジャスミンとつきあっているわけじゃないし、これからもつきあうことはない。ジャスミンにはもう決まった相手がいるからな」

熱気に水を差された形で、少年少女たちはしんと静まりかえってしまった。

「……じゃあ、ヴィッキーの片思いなのか？」

「どうかな？　そんなふうに考えたことはないけど、片思いなのかもしれないな」

そんなことを妙に明るく楽しげな口調で言うので、十代前半の生徒たちは困った顔を見合わせてしまい、一人が話をそらすために慌てて言い出した。

「——セラフィナはどの寮に入ったのかな？」

「寮には入ってないよ。ホテルから通うんだって」

「へえ、やっぱり芸能人は違うね」

すぐに興味が移るのも子どもたちの常である。

際どい嵐が過ぎ去ったことでジェームスはほっと一息ついたが、食堂を出て部屋に戻る途中の廊下でリィに追いすがり、声を低めて詰め寄った。

「さっきの話——何なんだよ！」

「何が？」

「ジャスミンって——ミズ・クーアのことだろ？」

「ああ」

リィはむしろ解《げ》しかねる表情だった。

「つきあいたいと思う人は誰かって訊《き》かれたから、それならおれはジャスミンがいいって言っただけだ。——そうしたらあの大騒ぎ。何なんだっていうのはこっちの言いたいことだぞ」

ジェームスは救いを求める眼をシェラに向けたが、シェラも困惑顔だった。ジェームスと二人になると弁解するように言ったものだ。

「あの人は昔から大きな人が好きだから」

「大きいにしたって限度ってものがあるだろう！」

まったくもって正しい見解である。

しかし、それをシェラに言われても困ってしまう。

「確かに変わった趣味だとは思うけど……あの人は冗談を言ったわけでもふざけているわけでもないよ。本当にその、女性としてのジャスミンを好ましいと思っているらしい」

「セラフィナよりも⁉　どうかしてるぜ！」

特殊嗜好《しこう》にも程があると思ったジェームスはこの世の終わりのような悲鳴を発した。

同時に明日からのアイクライン校の騒動を思って深々と嘆息した。


惑星ベルトラン、コーデリア・プレイス州知事のアーサー・ヴァレンタイン卿は今日も忙しかった。

知事官邸の応接室で記者会見と対談を済ませると、すぐさま次の会議のために会議室に向かった。

途中、いつも自分が仕事をしている執務室の前を通り過ぎた時、秘書のジャック・ハモンドが中から現れて控えめに声を掛けてきた。

「知事、星系外通信が入っておりますが……」

「後にしてくれ」

次の会議で頭がいっぱいだった卿は顔も向けずに答えたが、それを予想していた秘書はわざとらしく嘆息した。

「では、ご長男にはそうお伝えします」

とたん卿はくるりと踵《きびす》を返して執務室に飛び込み、端末の前に慌ただしく着席した。次の瞬間そこまで焦《あせ》った様子を見事に消して、悠然《ゆうぜん》と落ち着き払った態度をつくって息子からの通信に出た。

「エドワードか。どうしたんだ？」

「その名前はよせっていうのに——仕事中に悪いな。ちょっと頼みがあるんだよ」

頼み！

ヴァレンタイン卿は歓呼の声をかろうじて抑えた。

もし尻尾があったら喜びのあまりぶんぶん振っていたに違いないが、その気持ちも懸命に押し隠して、何とか大人としての悠然たる余裕を見せた。

「珍しいな。何かあったのか？」

「——大ありだ。おれとシェラに少女服のモデルになれって熱心に言い寄ってくる男がいてな」

卿は驚かなかった。ついに来るべき時が来たかと冷静に表情を引き締めたくらいだ。

「それは……やはりあのメイド姿のせいか？」

「いや、それとは全然別口。それに少女服専門ってわけでもないらしい」

セラフィナが編入してきて今日で一週間になる。

あれ以来、ワトキンスは頻繁《ひんぱん》に二人の前に現れて、熱心に勧誘してくる。

「本人がなかなかうんと言わない場合、保護者から口説《くど》くのも一つの手だって寮の子が言うもんでな。あいつがアーサーのところに連絡を取るようなら、手厳しくはねつけて欲しいんだ」

「そんなにしつこいのか？」

「ああ。見事なくらい毎日来てる」

「それならいっそのこと、学校側に接近禁止命令を出してもらったらどうだ？」

「ところが、それをやるには比較的行儀がいいんだ。その辺の匙《さじ》加減を知ってるんだろうな」

決して行き帰りを待ち伏せている様子など見せず、『偶然』に出くわした素振りを装って、にこやかに声を掛けてくるのだ。さらには二人が拒絶すると、それ以上はしつこくせず、あっさり引き下がる。

「困るのはその男がおれたちの周りから攻めようとしていることだ。学校の知り合いも寮の知り合いもすっかりその男に感化されて、この頃では『なんで引き受けないのか』なんて不思議がってる」

「将を射んと欲すればまず馬を射よか――しかし、おまえの友達も変わっているな。普通女の子の服を着るのは誰だっていやだろう？」

「そこがあの男の上手《うま》いところだな。他のみんなはおれたちが何かの広告に出ると思い込んでるんだ」

まるっきりの嘘《うそ》ではない。ワトキンスの所属する事務所はなかなか力があるようで、二人にも広告の仕事を回すと前もって宣言している。

リィにはやはりわからなかったが、十代の少年が熱狂的に好むような遊戯《ゲーム》やスポーツチームの名前を出されて、今や周囲のほうが盛り上がっている。

「ふむ……」

ヴァレンタイン卿はあらためて考える顔になった。

「はっきり断っても諦めないんだな？」

「ああいう人間はきっと自分が聞きたくない言葉は聞こえないようにできてるんだろうよ」

「それでおまえ……そのワトキンス氏に対して何か、抗議はしたのか？」

「そんなことをやったらそれこそこっちの負けだ。癪《しゃく》に障るけどな、今は黙って見ているしかない」

通信画面のリィは苦々しい顔だった。

「シェラはともかく、おれに少女服のモデルなんか務まるもんか。どこに眼をつけてるんだか……」

いや、その審美眼だけは決して間違っていないと卿は思ったが、もちろん口にはしなかった。

代わりにこう尋ねた。

「おまえ、ジンジャーとは親しいのか？」

父親の口から出た予想外の名前にリィはちょっと首を傾げた。

「親しいと言えるかどうかまではわからないけど、おれは彼女が好きだし、友達だと思ってる」

「では、一つ忠告させてもらおうか。彼女に助けを求めるんだ。畑は違っても同じ芸能界だ。その男がどのくらい肝の据わった人物か知らんが、映画界の女帝を敵に回してまでもおまえたちをスカウトする覚悟があるのかどうか試してやるといい」

リィは眼を丸くして、次に満面に笑みを浮かべて手を打った。

「そうか！　それは考えつかなかった」

「わたしから見てもジンジャーはおまえたちを気に入っていたようだから、きっと助けてくれるはずだ。――それが友達というものだろう？」

「ああ、そうだな」

リィがにっこり笑うと金色の薔薇《ばら》が咲いたような華麗さである。その笑顔を惜しげもなく振る舞って、少年は年若い父親に心から感謝の言葉を述べた。

「ありがとう、アーサー。助かったよ。持つべきは頼りがいのある父親だな」

通信が切れた後も卿は両の拳《こぶし》を握りしめ、端末の前で大きな身体を震わせていた。

踊り出したいのを懸命に我慢していたのである。

日頃は素っ気ない長男から思いがけずにもらった嬉しい言葉に感極まって、その余韻《よいん》に浸っていると、有能な秘書が容赦《ようしゃ》なく言ってきた。

「知事。喜びに震えるのも結構ですが、いい加減に仕事に戻っていただかないと困ります」


連邦大学惑星は巨大な学舎として存在している。

人気の芸能人だからといって、編入してきた以上学業を疎《おろそ》かにすることは許されない。短期受講生の課程を終了しなければならない。

だが、セラフィナはあまり勉強に熱心ではないと、生徒たちの誰もがすぐに気づいた。講師陣もだ。

そこで心配した生徒たちが何人も勉強の手伝いを申し出た。セラフィナは「ありがとう」とにっこり笑って礼を言い、今では当然のように大勢の生徒に囲まれて笑いさざめいている。

生徒たちはそんなセラフィナにすっかり感心して『有名人なのに少しもお高くとまったところのない女の子』と好意的に見ているが、それは少し違う。

この少女にとっては自分の周りに人がいることが——ちやほやされることが当たり前なのだ。

言い換えれば自分に好印象を持つ相手でなければ視界には入らないということだ。

リィとシェラに対する態度からもそれが窺《うかが》える。

他の生徒と違って自分に近づこうとしない二人に不思議そうな眼を向けているだけで、積極的に話し掛けようとはしない。そのうち相手が自分に興味を持っていないようだと悟ると、見事なくらい二人に関心を示さなくなった。

悪気があるわけではない。手の届かない遠い人を空《むな》しく追うより身近でもてはやしてくれる人たちに囲まれているほうが楽しい。そういう性格なのだ。

代わりに、セラフィナの渉外係《マネージャー》のワトキンス氏が異様なまでの熱意を燃やして二人に迫ったのである。

本来の仕事であるはずのセラフィナの送り迎えも部下に任せきりにして二人を口説きに掛かっている。

ヴァレンタイン卿の助言を受けたリィはさっそくジャスミンを通してジンジャーに連絡を取りつけた。

その際、当然ジャスミンにも事情を説明したので、赤い髪の女王は楽しげに笑ったものだ。

「一度くらい引き受けてみてもいいんじゃないか？あのメイド服はまさに眼の保養だったからな」

「あれは学校行事だったからやったんだ。個人的に女装する趣味はないぞ」

「仕事にする気もないわけか？」

「ない。それにそんな仕事を始めたらおれたちにはすぐに護衛《ボディガード》がつけられる。変質的な贔屓《ファン》から身を守るためにという理由でだ」

そんなことになったらそれこそ鬱陶《うっとう》しいだろうと顔をしかめて言うリィにジャスミンも賛成した。

「極めてもっともな意見だ」

そうしてジンジャーに連絡を取ってくれた。

相手はなかなか居場所が摑めないことで知られる大女優だが、ジャスミンからの連絡であれば彼女は無条件に応じる。

そしてジンジャーもリィから話を聞いて微笑んだ。

「あらあら、それは困ったわね」

「助けてくれると嬉しいんだけどな」

「もちろんよ。その代わりと言っては悪いんだけど——わたしからも一つお願いしていいかしら？」

「聞けるお願いなら」

頼んでおいてこの態度である。たいていの大人は呆れるところだが、ジンジャーはもっともと頷《うなず》いた。

「わたしのお願いも女の子絡みなのよ。知り合いの女の子なんだけど——あなたと同い年くらいかしら、その子と会って話してやって欲しいのよ」

不思議なお願いである。

リィはその気持ちを正直に顔に出して瞬きした。

「会うのはかまわないけど何を話せばいいんだ？」

「それは実際に会ってもらえばわかるわ」

「シェラも一緒でいいか？」

「もちろんよ。——ただし、ワトキンス氏について こられるのはありがたくないわね」

「おれが言いたいのもそのことだ。今、おれたちが外出すると漏《も》れなくワトキンス氏がついてくるんだ。——何とかしてもらえるかな？」

「任せなさい」

ジンジャーはすぐさまワトキンスの所属事務所に連絡を取った。その時はわざと老けた表情をつくり、セラフィナが通っている学校の生徒の父兄だと嘘を言い、セラフィナのことで大事な話があるから直《じか》に社長さんとお話をしなければならないのだと訴えて、強引に社長に取り次がせた。

社長の名前はジェイク・テイラー。

五十年配の、いかにも灰汁《あく》の強そうな人物である。

そのテイラーは最初あからさまに面倒くさそうな顔で通信に出た。生徒の父兄だというからには何か苦情か抗議だとでも思ったのだろう。

「社長のテイラーですが、どちらさまですかな？」

「あら、わたしは名乗らなくてはいけないのかしら、テイラーさん？」

共和宇宙を魅了する笑顔でにっこりと微笑まれて、テイラーは絶句した。ぽかんとした顔でまじまじと通信画面を見つめると、背中に定規を突っ込まれたような勢いで椅子に座った姿勢をぴんと伸ばした。

「と、とんでもない！　よく存じ上げております」

ジンジャーが積極的に若手を起用していることはテイラーも知っている。うちの事務所のタレントを映画に使いたいという話か！　と気合いが入ったが、ジンジャーは無情にも単刀直入に切り出した。

「お願いがあってご連絡したのよ、テイラーさん。そちらのワトキンスさんのことなの」

「ワトキンスですか？　彼なら今は連邦大学惑星に滞在中ですが……」

「もちろん、承知していますわ」

彼の熱心な勧誘に子どもたちが困っているという話を手短にした上で、ジンジャーは嫣然《えんぜん》と微笑んだ。

「そのお子さんたちはわたしの大切なお友達なのよ。あなたの口からあの子たちにはかまわないようにとワトキンスさんに言っていただきたいの」

言葉こそ『お願い』であるが、事実上、芸能界の女帝の命令である。

テイラーはごくりと喉《のど》を鳴らして、無意識に額《ひたい》の汗を拭った。

「ジンジャー。あなたのお願いとあれば、もちろんどんなことでもお引き受け致しますが……」

「あなたの一存ではお返事ができないの？」

「いや、その……そういうわけではないのですが」

テイラーの言葉は煮え切らない。

しどろもどろになっているその顔色を見ただけで、ジンジャーにはぴんと来た。

「いいわ。では聞かせてくださる。あなたに厄介《やっかい》なお願い事をしたのはどなたなのかしら?」

「それは……」

この世界にはさまざまなしがらみがついて回る。

テイラーの話は回りくどくてわかりにくかったが、ジンジャーの尋問の結果、今回いささか義理のある相手に二人のスカウトを頼まれたのだと白状した。

「しかし、わたしは当然その相手もお子さんたちの関係者から頼まれたのだと――恐らくは保護者から頼まれたのだろうと思っていたのですが……」

「子どもたちを芸能界入りさせるために? いいえ、あり得ないわ。お子さんたちも保護者の方もいくら口説かれても決してうんとは言わないでしょうね。それどころか、ワトキンスさんがこれ以上しつこくするようなら保護者の方は法的手段に訴えることも辞さない覚悟でいらっしゃるのよ。それはあなたにとっても好ましくはない事態なのではないかしら」

「も、もちろんです。しかし、何とも惜しいですな。あの二人なら間違いなく売れるでしょうに……」

ジンジャーの眼がきらりと光った。

「あなた、あの子たちの写真を御覧になったの?」

連邦大学惑星は厳しく肖像権が守られている国だ。

旅行者も一時滞在者も入国時には撮影機を当局に預けねばならず、もし撮影機を隠し持っているのが見つかったら即没収、盗み撮りなどしようものなら即刻逮捕である。

「あまり感心しないわね、テイラーさん。ご自分の部下にそんな危険を侵させるなんて。一つ間違えばあなたは犯罪者の上司でしょう。それどころか盗撮教唆《きょうさ》の罪に問われることになるわよ」

「いいえ、とんでもない。勘違いされては困ります。この話を持ってきた相手が写真を持っていたんです。それも隠し撮りなんかではなく身分証明に使われる正規の写真を見せてくれたんですよ」

テイラーも二人の写真を一目見て、この二人なら売り物になると判断した。顔立ちのきれいな子ならいくらでもいるが、この二人には芸能界での成功に不可欠な『花』がある。謎めいた雰囲気があるのだ。

何としても口説き落とせとワトキンスに命じたが、まさかこんな邪魔が入るとは予想もしていなかった。

乗り気でない子どもや親を口説くことならお手のものだし、慣れている。最初は素っ気ないくらいの相手のほうが『落とせる』と経験上知っているし、自信もある。

しかし、ジンジャーはテイラーが生まれる前から第一線で活躍している大女優だ。この業界に強力な人脈を持っている彼女の一言には、テイラーの事務所の命運など簡単に左右するだけの力がある。

こんな相手に逆らう気は毛頭ないが、最初に声を掛けてきた相手をすげなく袖《そで》にするのも躊躇《ためら》われた。

そうしたテイラーの心情を見抜いたのだろう。

ジンジャーは嫣然と微笑んで言ったものだ。

「わたしからそのお友達に話をしましょうか？」

「いいえ、それには及びません。必ず話をつけます。ただその……少し待ってもらえないでしょうか」

「いいわ、お待ちしましょう。またご連絡します」

これはジンジャーにとっても予想外の展開だった。

シェラとヴィッキー、あの二人に芸能界の人間が眼をつけるのは当然すぎるくらい当然のことだ。

よほどの能なしでない限り、あの二人を見つけて素通りするほうがおかしいのである。ワトキンスの行動もそうした職業意識に基づいてのことだろうと思っていたのだが、テイラーのあの様子では何やら込み入った事情があるらしい。

ジンジャーはしばらく考えると、リィに連絡して、今のやりとりを包み隠さず伝えた。

「——大きなことを言っておきながらごめんなさい。テイラーの事務所の一存だったら簡単に片づいたと思うのだけど……」

テイラーに頼みごとをした相手が、正規の写真を持っていたということが引っかかる。

こうなると本当に二人をスカウトすることだけを頼まれたのか、その点も気に掛かる。

「そういうわけだからもうしばらくワトキンス氏はあなたたちについて回ると思うわ」

リィは納得できない様子で首を捻っている。

「おかしな依頼だな。おれたちを芸能界入りさせて、その誰かにはどんな利益があるんだ?」

「わたしのほうが尋ねようと思っていたところよ。何か心当たりはないの?」

「ないなあ……」

こう見えて敵意を向けられることには慣れているリィである。それならただちに反応するし、殺気や害意に気づかないほど鈍《なま》っているつもりはないが、こんな不思議な働きかけは初めてだ。

「誰の指図か調べてくれるか?」

「もちろんそのつもりよ。ただ、わたしの勘だけど、テイラーに依頼した人物も他の誰かに頼まれていた可能性が高いと思うの。大元を突き止めるには少し時間が掛かるでしょうね」

「わかった」

「だけど、わたしとしてはなるべく早く、あの子に会ってやってほしいのよ」

「いいよ。尾行はこっちで撒《ま》いていく」

リィとシェラがその気になれば、ワトキンス氏の追跡をかわすことなど造作もないことだった。

3

次の休日、リィとシェラは平日より早いくらいの時間に寮を出た。

この作戦は見事に当たって、ワトキンス氏の姿もさすがに見あたらない。

それでも充分尾行に注意しながら先を急いだ。

ジンジャーが指定した待ち合わせ場所は、郊外の閑散とした無人バス乗り場だった。

薄紅色の花の咲いている木の下に木製のベンチがぽつんと置かれているだけの場所だ。

二人は歩いてそこまで行ったが、こんな早い時間、こんな辺鄙《へんぴ》な乗り場には誰もいない。

少し待っていると二人の眼の前に無人タクシーが止まり、ちょっと太めの中年女性が降りてきた。

人工的に染めた髪を大きく結って、化粧も服装も年齢の割に妙に派手で、どちらかというと品のない印象である。普通の主婦には見えないし、ましてや共和宇宙に顔を知られた大女優には絶対に見えない。

「何なんだ、その格好？」

リィが呆れて言うと、変装したジンジャーは眼を見張っておもしろそうに笑った。

「やっぱりあなたたちにはわかってしまうのね」

「わかるに決まってるよ。どんな格好をしてたって ジンジャーはジンジャーだ」

「あらあら、その台詞《せりふ》、ジェムとそっくり同じだわ。だけど、今日のわたしはジンジャー・ブレッドではなくてエマ小母さんなのよ」

シェラが確認した。

「わたしたちがこれから会う女の子はジンジャーがジンジャーだとは知らないんですね？」

「頭のいい子って好きよ。そうなの。彼女にとってわたしは芝居好きのエマ小母さん。いいわね？」

言った傍《そば》からもう一台タクシーが止まり、二人と同年代の少女が降りてきた。

こちらは見るからに野暮《やぼ》ったい少女だった。

顔立ちは決して悪くない。体つきも均整が取れているのに、髪は乱れたお下げに結んでいるだけだし、服も適当に身につけたようで全然洒落《しゃれ》っ気がない。

ジンジャー扮《ふん》するエマ小母さんを見ると、ぱっと顔を輝かせて勢いよくお辞儀をしたが、その拍子に肩に掛けていた布製の古びた鞄《かばん》がすべり落ちた。

「エマ小母さん。遅くなってすみません」

「いいのよお。あたしも今来たところなんだから。ほら、この子たちがそうよ。金髪の子がヴィッキー、こっちはシェラ。二人ともすっごくきれいでしょう。この子がベティよ。十四歳だから、あなたたちより一つ年上ね」

大げさな口調も甲高い声も普段のジンジャーとは似ても似つかない。二人が密かに感心していると、少女は年下だと紹介された二人に対しておずおずと自己紹介をしてきた。

「あの……ベティ・マーティンです」

「さあさ、立ち話も何だから場所を移しましょうよ。この先にちょっとすてきな公園があるのよ」

ジンジャー扮するエマ小母さんは小太りの身体をゆらしてさっさと歩き出し、三人が後に続いた。

その公園は道から少し奥に入ったところにあった。木立に遮《さえぎ》られて外からはよく見えない、隠れ家のような趣《おもむき》だ。燦々《さんさん》と陽の当たるこぢんまりとした空間は花と緑に囲まれて気持ちよく、散歩を日課にしているのか、老夫婦が日光浴を楽しんでいる。

公園の真ん中には噴水があった。軽やかな水音が耳に楽しく、吹き上がる水が陽光に煌《きら》めいて美しい。

四人は噴水の縁に一列に並んで腰を下ろしたが、エマ小母さんは挨拶《あいさつ》もそこそこに少女の顔を覗《のぞ》いて切り出した。

「ほら、ベティ。時間がもったいないわ。聞きたいことがあるんでしょ」

ベティはひどく緊張している様子だった。

ずっと下を向いていたが、思い切ったように顔を上げると、隣に座ったリィの顔をまっすぐに見た。

「武道の達人ってどんな気持ちなんですか？」

リィのみならずシェラも眼を丸くしてしまったが、ベティは本気だった。恐ろしく真剣な表情で続けた。

「あたし、どうしてもわからなくて、ヴィッキーはロッドがすごく強いってエマ小母さんに聞いて――よかったら話を聞かせてもらいたいと思ったんです。大人の男の人を二、三人相手にしても負けないって、絶対勝つって聞いたんですけど――本当ですか？」

「それは違います」

反対側からシェラが穏やかに割って入った。

「十人だろうが二十人だろうがこの人の勝ちです」

「ほんとに⁉」

「ベティ。それは違う。質問自体が間違ってるよ」

リィは頭を抱えて唸り、同時に苦笑していた。

どうしてそんなことを訊《き》くのかとは問い返さずに慎重に考えて言葉をつくった。

「たとえば――鳥は『自分は鳥だ』なんて思わない。少なくとも『自分は鳥だから空を飛べる』だなんて思ってないはずだ。彼らにとっては空を飛べるのが当たり前なんだから」

特別な意識や心構えは何もないと答えたわけだが、ベティはそれでは納得しなかった。食い下がった。

「でも！　鳥は生まれつき飛べるんです。ロッドは違うでしょう？　練習しなければ上達しません」

「そりゃあ鳥だって同じことだ。卵から孵《かえ》ってすぐ飛べる鳥なんかいない。巣立ちを控えた雛《ひな》はみんな飛び方を練習してるよ」

大真面目にリィが答えると、ベティも真剣な顔で宝石のような緑の瞳を覗き込んできた。

見惚《みほ》れているのではない。その中に何があるのか、懸命に読み取ろうとする顔つきだった。

「ヴィッキーは……自分を達人とは思ってない？」

「そうだな。思ったことはない。鳥は飛べるようにできている。おれも――変な言い方だけど、自分は戦うようにできているんだと思ってる。上手《うま》いとか下手《へた》とか、あんまり考えたことはないよ」

「……どうしよう」

ベティは途方に暮れた顔になった。肩を落として独《ひと》り言のように呟《つぶや》いた。

「摑めるかと思ったのに……あたし……どうしてもフレイアにならなきゃいけないんです」

首を傾げた金銀天使にエマ小母さんが説明した。

「ベティは演劇学校の生徒なの。フレイアは今度のお芝居の配役で、ちょっと難しい役なのよ。神話を題材にしているものだから、フレイアは神と人間の女性との間に生まれた少女で、十代にもかかわらず剣術に優《すぐ》れた無敵の戦士っていう設定なの」

シェラが感心しきりの顔でリィを見た。

「あなたがお演《や》りになればいいのに」

「無茶言うなよ」

リィは呆れて、

「そもそも、真剣に触ったこともない女の子が剣の達人をやるっていうほうが無茶なんじゃないか？」

「とんでもない。それが演技というものよ」

エマ小母さんの言葉には幾分普段のジンジャーのような威厳が籠《こ》もっていた。

「その理屈で言うとね。結婚経験がなければ人妻は演じられないし、出産経験がなければ母親は絶対に演じられないことになる。それどころか当たり前の人生ではまず経験しないこと――たとえば犯罪者の役は決してできない。人を殺したことのない人間に人殺しは演じられないことになりますからね」

「あたしは両親とも元気ですけど戦災孤児を演じたこともありますし、お料理は得意じゃないですけど、コックの役をやったこともあります。それならまだわかるんです。想像できますから。だけど――」

ベティは熱っぽい眼で早口に話している。

その発音は実にはっきりしていて聞き取りやすく何より声に深みがあってよく響く。そんなところはなるほど舞台に立つ女の子だと思わせた。

「こんな場面《シーン》があるんです。武装した四人の戦士をフレイアが一人で迎え撃つ――だけど剣は抜かない。彼女は台詞と、剣を抜こうとする仕種《しぐさ》だけで四人を下がらせて、彼らの前を通り過ぎるんです。だけどそれだけで四人の戦意を削《そ》ぐなんて――どうしてもできなくて、フレイアがわからなくて……」

リィが初めて笑った。

「それなら話は簡単だ。その四人を怯《ひる》ませればいい。自分に手を出すと怪我をするぞ、下手をすれば命はないぞって思い知らせてやればいいんだ」

ベティ・マーティンは勢いよく振り返った。

眼が異様に光っていた。

「ヴィッキーにはそれがわかる？」

「わかるよ」

女の子に顔がくっつきそうな距離まで迫られても何とも思わないが、ベティの様子は尋常ではない。

ぎりぎりに張りつめた鬼気迫るものが感じられて、リィはなるべく相手を刺激しないように答えた。

「それは気魄《きはく》と気魄のぶつけ合いだ。自分が勝てば相手が怯む。相手の気魄に負ければこっちが恐怖に駆られる羽目になる。それだけのことだ」

「……実際にそういう経験をしたことがある？」

「もちろん」

何度も。

声には出さずにつけ加えたその言葉を、意外にもベティは敏感に感じ取ったらしい。

じっとリィを見つめて、独り言のように呟いた。

「ヴィッキーはそういう時――気魄のぶつけ合いに勝った？」

「もちろん」

負けていたらその場で死んでいる。

エマ小母さんが茶化すようにベティに言った。

「ね、せっかくだからちょっと演《や》ってみたらどう。見てもらいなさいよ」

頷《うなず》いたベティは鞄をその場に置いて立ち上がり、

噴水のほうを向いて立った。

とたん彼女の表情が変わった。姿勢もだ。

そのせいで体格まで大きく変化して見える。

腰に手をやり、別人のように力を増した眼差しで、実際にはいない眼の前の敵を一人ずつ睨《にら》み据えて、少女戦士のフレイアは勇ましく断言した。

「さあ、死にたくなければそこをどいてちょうだい。お願いだからわたしに剣を抜かせないで。この剣はそんなことのためにあるのではないのだから」

すばらしい声だった。午前中のさわやかな空気を震わせて、こぢんまりとした公園に朗々と響き渡り、老夫婦が呆気にとられてベティを見つめている。

『芝居がかる』という言葉があるように、舞台では普通の声や話し言葉では通用しない。

かといってあまりにも現実離れしていては観客の気を惹《ひ》くことはできない。その辺の微妙な間合いと匙《さじ》加減を充分に満たした台詞だった。

「いい声だ」

お世辞ではなく感心してリィが言うと、ベティは再びベティ自身に戻って感想を求めてきた。

「どうでしょうか。ヴィッキーなら今のフレイアと戦いたくないと思いますか?」

「はあ?」

きょとんとなったリィだった。

「お芝居の中の登場人物とどうやって戦うんだ?」

「そうじゃなくて、もしフレイアが実在の人物だとしたらどう思うかって話なんです」

ベティはあくまで芝居として話し、リィは現実のつもりで話している。もとより噛《か》み合うはずのない会話だが、リィは何となくベティの言いたいことを察した。

「つまり……ベティの演じるフレイアがどのくらい強そうに見えたかっていう意味でいいのか?」

「そうなんです!」

これまた見事な舞台発声で凛々《りんりん》と叫ぶものだから、リィもシェラも思わず耳を塞《ふさ》ぎそうになった。

そのくらいの声量だったのだ。

「剣戟映画《ソード・アクション》は何本も見たんですけど、どうしても気になるんです！　あたしが強そうだと思ったのは『バラス』のケーシー・ヘルと『迷宮の魔剣士』のジーナ・スプリングスとユリアン・ブラッドショー、『青い島』のクライド・シャープですけど、映画の場合は舞台とは一緒にできないんです。だけど一番すごかったのは何と言っても『紅蓮《ぐれん》の空』の――」

「そんなに一度に言われてもわからないってば」

ベティははっとなった。

たった今堂々と台詞を読んだ大胆さが嘘《うそ》のように身体を縮めて、元通り噴水の縁に腰を下ろした。

「ごめんなさい。あたし自分のことばっかり……」

「それは気にしなくていいんだ。こっちは最初からベティの話を聞くつもりで来てるんだから」

本心からリィは言った。少し度が過ぎてはいるが、この少女の熱意は不愉快なものではなかったからだ。

「ただ……おれが何かの役に立てるとは思えないな。正直、今のはあんまり強そうには見えなかった」

「……やっぱり、だめですか」

がっくりと肩を落としてうなだれるので、何だか悪いことをしたような気になってしまう。

「あのな、ベティはお芝居をする人で、おれは違う。――それはわかるか？」

ベティは子犬が主人を見上げるような眼でリィを見つめて頷いた。

「おれにとって、お芝居はあくまでお芝居なんだよ。現実とは思えない。おれにとっての現実はベティが剣にさわったこともない素人《しろうと》だってことだ。素人は素人でしかない。どんなにそれらしく振る舞っても『ああ、頑張って真似してるな』としか思えない」

「……真似ですか？」

ものすごく傷ついた顔をするのがおかしかったが、ここで笑ったらなお傷つけることになる。

「それが演技ってものだろう？　ベティがどんなに頑張ったところで本物の達人にはなれないんだから。

——本物らしく見えればそれでいいんじゃないか」

励《はげ》ますつもりでリィが言うと、ジンジャー扮する
エマ小母さんも困ったように言った。

「あたしもねえ、そう言ったのよ。相手役の四人に大げさに怖がってもらえばいいんじゃないって」

「でも！　あたしの台詞にそれだけの力がなければ、彼らの演技が嘘になります！」

リィもシェラも珍しい生き物を見るような眼で、まじまじとベティを見つめていた。

ベティは今にも泣き出しそうな顔をして、本当に困ってしまっている。

エマ小母さんがわざとらしく肩をすくめた。

「でもね、ベティ。それはあなただけのこだわりで、芝居はあなた一人でやるわけじゃないのよ」

「わかってます。わかってるんですけど……」

唇を噛んで、ベティはまたリィを見つめてきた。

追いつめられて途方に暮れて、最後の手段として神様にすがる人のような顔だった。


「ヴィッキーなら、ああいう時どうしますか？」

「はあ？」

「一人で四人を相手にして、気魄だけでその四人を下がらせようとする時です。あたしを敵だと思ってやってみてくれませんか？」

リィは今度こそ苦笑して首を振った。

「だから、ベティ。何度も言うけど、おれは芝居の素人なんだよ。どこから見てもただの女の子でしかないベティをどうして『敵』だなんて思える？」

そのただの女の子は絶望的な表情になった。

ぜひとも訊きたいことがあるのに肝心の尋ね方がわからない。その苦しさともどかしさに身を捩《ねじ》って焦《じ》れているような顔だった。

そんなベティにシェラが助け船を出した。

「わたしからも一つ、いいですか？」

「はい」

「さっきのあなたは『自分は強いんだ』と一生懸命、自分に言い聞かせているように見えました。そこが

もう違うと思います。本当に強い人はそんなふうに自分の強さを誇示したりしません」

ベティは慌てて姿勢を正した。

「それはあの、スポーツ選手の談話にあったんです。試合前には自分を奮い立たせる意味で、自分は強い、決して負けないって何度も自分に言い聞かせるって。だからあたし……」

リィが笑った。

「スポーツの試合と剣の勝負を一緒にはできないよ。彼らは負けても命を失うわけじゃない。手足を失うわけでもない。何度でもやりなおせるから『絶対に勝つ』と自分に言い聞かせるのも有効な手段になる。――真剣勝負はそうはいかない」

「………」

「ここではスポーツの試合も真剣勝負っていう時があるようだけどな。負けても命を奪われないのなら、死ぬ危険がないのなら、それは真剣勝負じゃない」

淡々と話しているのに、笑いすら含んだ声なのに、そこには何とも言えない凄《すご》みがある。

「指揮官として軍勢を率いている時はまた話が別だ。兵士の戦意を鼓舞するためにも『絶対に勝つ』って口に出して言ってやるのは確かに効果的だ。だけど、今の芝居みたいに一人で四人を相手に戦う条件なら自分で自分の戦意を高める必要なんかない。第一にそんな暇はないし、第二に至近距離で見れば相手の実力なんかいやでもわかる」

ベティはとことん不思議そうな、食い入るような眼差しでリィを見つめていた。

「どういう意味でしょう？」

ここまでまっすぐ、しかも無心にリィの緑の瞳を見つめてくる相手は極めて珍しい。リィも真面目にその眼を見返して、穏やかに言い聞かせた。

「眼の前にいる相手が自分より強いのか弱いのか、そのくらいは見ればわかるってことさ」

「……ほんとですか？」

「当たり前だ。わからなきゃそれこそ死ぬだけだぞ。

剣の勝負はそのまま生死に直結してる」

どんどん物騒になる話題に危機感を持ったのか、エマ小母さんがわざと茶化した口調で言った。

「あらあら、あなたはまるで本当に生死のかかった勝負を経験したみたいに言うのね」

リィは苦笑して肩をすくめた。

十三歳の少年でしかない自分が本当にそれだけの経験をしていると口で説明してもわかってもらえるはずがない。しかし、掛け値なしに本当のことだ。

問題は素人のベティがその当たり前にして厳粛《げんしゅく》な事実をどこまで理解できるかである。

リィの考えを読んだかのように、今度はシェラがベティに眼を移して話し掛けた。

「素人考えで恐縮ですが、あなたが舞台で対峙《たいじ》する四人はどの程度の腕前なんでしょう。まずそこから考えてみてはどうかと思いますけど……」

「そうだな。取るに足らない雑魚《ざこ》なのか、それともある程度使える連中なのか。それによってこっちの対応も違ってくる」

「……えっ？」

眼を丸くしたベティにシェラは丁寧《ていねい》に説明した。

「取るに足らない相手でしたら、あなたはあんなに粋《いき》がる必要はありません。むしろ、こちらの強さがわからずに無駄に命を捨てようとする相手を哀れみ、頼むからおとなしく下がってくれと思うはずです。多少は手強い相手だったとしても、あなたの演ずるフレイアは自分が勝つと確信しているんでしょう？それなら……」

「待って！　ちょっと待って！」

ベティは急に大声を張り上げて、あらぬところを見つめて茫然と呟いた。

「そんなこと考えてなかった——どうなんだろう。フレイアは自分が勝つと思っているのかしら？」

「負けるかもしれないと覚悟して言ったとするならあの台詞は変ですよ」

「おれもそう思う」

リィは頷いて、

「シェラだったら、自分より強い四人と戦う羽目になったとしたら何て言う？」

「それはその時のわたしが置かれた状況によります。その場で命を捨ててもいいと思っているのか、何が何でも生きて戻らなければならない局面なのか——それによって全然違ってきますよ」

「ただなあ、おれ自身の感想を言うなら、あんなにいろいろ話している暇もないと思うけどな」

「同感です。命が掛かっていればなおさらですけど、それではお芝居にならないのでしょうね」

おもしろおかしく話しているようでも重みが違う。

その重みをどこまで感じ取ったかはわからないが、ベティはあらためて二人を見つめてきた。

今初めて二人自身を眼に入れたような顔だったが、ベティの態度が突然おかしくなった。急に狼狽《うろた》えて、どぎまぎしてうつむいたのだ。

「どうした？」

「いえあの、なんて言うか……すごいなって思って、二人とも。あたしより年下だなんて信じられない」

今まで役柄《やくがら》のことでいっぱいだった頭にようやく現実が認識されてきたらしい。とたんに気後れして口まで回らなくなったようだった。

恐らく本来のベティはこんなにはっきりとものを言える性格ではないのだろう。

代わりにエマ小母さんがはしゃいで言った。

「それなら実際にロッドの試合を見せてもらったらどうかしら？　この近くには体育館もあるし、ねえ、ヴィッキー」

「いいけど、試合をするには相手がいるだろう」

「あら、ここにシェラがいるじゃないの」

そのシェラは苦笑して首を振った。

「とんでもない。わたしはそれこそ自分のことを、多少は使えるほうだと思っていますが……」

「それならおれも思ってる。まったくの素人だとはさすがに言えないからな」

「あなたがそれを言ったら詐欺《さぎ》もいいところです。わたしもロッドにさわったのは最近のことですが、自分を初心者だと言うつもりはありません。あれを剣術の一種とするなら、むしろ熟練者の部類に入るはずだと自負していますが、残念ながらわたしではこの人の足下にも及びません」

エマ小母さんもベティも眼を丸くした。

「そこまで言われると、ぜひ見たくなるわね」

これまた幾分いつもの悪戯《いたずら》っぽい口調で言って、エマ小母さんは立ち上がった。

「さ、行きましょうか。実はね、あなたのお相手もちゃんと用意してあるのよ」

「ずいぶん手回しがいいんだな？」

「それはそうよ。小母さんだってそう暇じゃないし、ベティだってお稽古《けいこ》で忙しいんだもの。ねえ？」

「しばらく一人で稽古するからって断ってきました。通し稽古にはまだ間がありますから」

四人で無人タクシーを拾って目的地まで移動する間を利用して、リィは何気なく尋ねた。

「ベティはどこから来たんだ？」

「プラティスからです」

金銀天使は驚きに眼を丸くした。

「惑星プラティス？　ロンドロン星系のか!?」

「連邦大学《こ》までだと一日《こ》がかりの旅行になりますよ。ベティ一人で来たんですか？」

「はい。高速船に乗ってきましたから、そんなでもなかったですよ。それにずっと脚本《ほん》を読んでたから、あっという間でした」

リィとシェラは思わず顔を見合わせてしまった。

シェラがベティの膝《ひざ》の上の古びた鞄を指さして、恐る恐る質問する。

「まさか荷物はそれだけとか言いませんよね？」

「これだけです。宇宙港からまっすぐ来たから」

「では、泊まるところは？」

「いいえ、泊まらないで今夜の便で帰ります」

どうやらベティは芝居となると、あらゆる常識と分別が星の彼方にふっとんでしまうらしい。

リィはほとほと呆れて言った。

「……エマ小母さん。いいのか？　女の子に一人で星系間旅行をさせるなんて非常識にも程があるぞ」

「あらあ、あたしは迎えに行ってあげるから待ってなさいって言ったのよ。それなのに、この子ったら止めても聞かないんだもの」

「早くヴィッキーに会って話を聞きたかったんです。あたしの知り合いには大人より強い人なんて一人もいないから、小母さんからヴィッキーの話を聞いてもう本当に助かったっていうか、嬉しくって……」

顔を輝かせてそこまで言ったベティは、また急にどぎまぎと頭を下げた。

「ご、ごめんなさい。一番最初にお礼を言わなきゃいけなかったのに……」

「そんなのはいいよ。用があるならはっきり言ってもらったほうがこっちも気が楽だ。だけど日帰りは無理なんじゃないかな？」

「どうしてですか？」

「小母さんが用意した相手がどんなに強いとしても、それほど見応えのある試合にはならないからさ」

ベティはきょとんとしていたが、エマ小母さんが呆れた様子で冷やかした。

「ヴィッキーったら、ずいぶんしょってるわねえ。誰だろうと自分の敵じゃないとでも言いたいの？」

「言うよ。本当のことだから」

「あらまあ！　じゃあ小母さんも言わせてもらうわ。体育館で待ってるのは去年のロッドチャンピオンよ。十六カ国大会の一般部門のね。今年は連邦代表競技大会にも参加する予定で、優勝を期待されてるわ」

「へえ……」

リィは思わず感心した。相手の肩書きにではなく、そんな『大物』をひっぱりだしたジンジャーにだ。

「そんな相手にどうやって中学生との試合なんかを承知させたんだ？」

「違うわよ。試合じゃなくて、稽古をつけてやってくれって頼んだの」

「見ず知らずの中学生に？」

そこには何か理由があるはずだった。タクシーが止まって、四人は体育館に向かったが、歩きながら、エマ小母さんはリィとシェラにだけ聞こえるようにこっそり囁《ささや》いたものだ。

「彼はジンジャーの大ファンなのよ。サイン入りのポスターを贈るって言ったら二つ返事で引き受けてくれたわ」

「あくどいことするなあ……」

休日のことで、館内には大勢の人がいた。

みんな思い思いの運動を楽しみ、威勢のいい声が響いている。エマ小母さんはその館内を通り過ぎて、さらに奥の通路に向かった。

喧噪《けんそう》が遠ざかり、嘘のような静けさが訪れる。

この体育館には室内競技のための場所がいくつか設けられており、ジンジャーは前もってその一つを貸しきりにしておいたらしい。


第三競技室と記された扉をくぐる。

さっきの場所に比べるとかなり狭いが、そこには誰もいなかった。がらんとした空間が広がっている。

この広さから判断するに、主に一対一のロッドや格闘技に用いられる場所のようだった。

見れば、壁の一角には身長体重等の階級に応じて、重さも長さも異なるロッドが何本も掛かっている。

リィがその壁に近づいてロッドを眺《なが》めていると、背後で扉が開く音がした。

「すみません。お待たせしましたか」

付き人らしい人を従えて競技室に入って来たのは既に運動着に着替えた二十代半ばの男性だった。

背が高く、肉付きもよく、なかなかの男振りだ。

エマ小母さんが満面に笑みを浮かべてすり寄った。

「まああ、ニックスさん。お会いできて光栄ですわ。エマ・ベイトンです。今回は本当にご面倒なことをお願いしてしまってごめんなさいね。だけど本当にこうしていらしてくださるなんてなんてご親切なんでしょう！　どんなにあなたに感謝していることか、言葉では言い尽くせないくらいですわ！」

　この暑苦しい中年女性がまさか憧れの大女優とは夢にも気づかず、チャンピオンはさわやかな笑顔で当たり障りのないことを答えた。

「いいえ、子どもたちの指導に当たることも自分の大切な役目だと思っていますから」

　白い歯まできらりと光る好男子ぶりだが、それが二重の意味で気の毒で、シェラはそっと息を吐いた。

　その時にはリィは一本のロッドを選び出しており、チャンピオンに近づいて軽く会釈《えしゃく》していた。

　ニックス氏もリィの美貌《びぼう》に驚きながらもそつなく笑いかけて手を差し出した。

「ウィリアム・ニックスだ。よろしく」

「よろしく」

　とリィは言い、差し出された手を取ろうとはせず、名乗ろうともしなかった。

「そっちの準備がよければすぐ始めたいんだけど」

「ほう、熱心だね。しかし、その前に服を着替えて防具をつけなさい」

「必要ないよ。このままでいい」

「おやおや……」

　ニックス氏は余裕で笑っていたが、相手の態度を少し訝《いぶか》しく思ったらしい。ロッドをたしなむ少年にとって自分は『英雄』のはずだからだ。

　エマ小母さんが苦笑しながら取りなすように言う。

「ねえ、御覧の通りの自信家で……困ってますのよ。ニックスさん、こんな機会は滅多にありませんからうんと厳しく鍛《きた》えてやってくださいな。そうしたらこの子にもあなたの実力がわかるでしょうから」

「わかりました。ご期待に応えましょう」

　とは言え、相手は防具もつけていない子どもだ。

　やわらかそうな小さな身体と鍛えられた大人との体格の違いも明らかで、ニックス氏は苦笑している。

　この間にシェラはベティを促して壁際まで下がり、小声で囁いた。

「一瞬ですからね。よく見ていてください。あまり参考にはならないと思いますけど……」

ベティは心底驚いた顔でシェラを見た。

「相手の人はロッドの国際チャンピオンなのに……ヴィッキーが勝つって思ってるんですか？」

「もちろんです。あれならわたしでも勝てますよ」

実際、眼にも止まらない速さだった。

二人は公式試合の距離を取って相対し、付き人が仮の審判となって開始の合図をした。それと同時にリィが仕掛けていた。

何とも無造作な片手の一振りだった。

それだけで、リィはニックス氏の手からロッドを叩き落としていたのである。

審判も当のニックス氏も何が起きたかわからず、愕然《がくぜん》としていたが、リィは相手が落としたロッドを示して優しいくらいの声で言った。

「拾って」

ニックス氏は引きつった笑いを浮かべながらも、言われたとおりロッドを取った。

「いや……これは参った。油断したな」

「油断？　違うな。実力だろう」

ニックス氏の顔色が変わった。

仮にもチャンピオンの自分がこんな少年に後れを取ることなど、断じてあってはならないのである。

それでもまだ油断だと思っていたのか、二度目の立ち合いでも二合《にごう》と保たずに棒《ロッド》をはじき飛ばされ、ニックス氏はようやく真っ赤になって叫んだのだ。

「防具をつけろ！　次は本気で行く！」

リィは逆に、驚いたように眼を見張った。

「まだおれに勝てると思ってるのか？　本気で？」

これでニックス氏が激怒しないほうがおかしいが、シェラはリィの台詞に共感して頷いていた。

「悟ってもよさそうなものですけど、鈍いですね」

ベティはおろおろしながら隣のシェラとリィとを見比べている。エマ小母さんは無言で眼を光らせてニックス氏とリィの対決を見守っている。

ニックス氏に比べれば年齢で一回り若く、体格で二回りは細い少年は相手に向かって悠然《ゆうぜん》と言った。

「わかった。打ち込んでこい。相手してやるから」

ニックス氏は国際試合の決勝戦さながらの気魄で、眼の前の不遜《ふそん》な少年に襲いかかった。さすがに現役チャンピオンらしく凄《すさ》まじい攻撃だった。

掛け値なしに本気で倒しに掛かったのだろうが、通用するわけがない。リィは楽々とその一撃を捌《さば》き、体勢を崩した氏の胴体《どうたい》を軽く突いた。

「構えが大きい。胴ががら空きだ」

絶句したニックス氏が懲《こ》りずに向かってくれば、再びロッドをはじいて今度は足を払ってやる。

「遅い。そんなんじゃ躱《かわ》されるだけだぞ」

いつの間にかすっかりリィのほうが稽古をつける形になっている。

ニックス氏はそれこそ死に物狂いになった。

チャンピオンの意地に掛けても一矢《いっし》を報いようとしたのだが、どんなに躍起になっても無駄なことだ。

ニックス氏のロッドは空《むな》しく空を切るばかりで、リィの身体をかすりもしなかった。

反対にリィから攻撃されるとひとたまりもない。

慌てて防ごうにも、とても手が追いつかない。

動きの速さでも、ロッド捌きでも、それどころか体力や力の強さでも、どうしてもこの小さな少年に勝てないと思い知らされたニックス氏は茫然自失の体《てい》に陥《おちい》った。それでも逃げ出そうとはせず、健気に立ち向かうところは立派だったが、容赦《ようしゃ》なく身体を叩かれ、さんざん走らされた結果、ついに力尽きてその場にへたり込んでしまったのである。

大の男のニックス氏が、その時には全身汗に濡れ、息も絶え絶えの有様だった。

一方、リィのほうは顔に薄汗を掻いているだけで、特に疲れた様子もない。

ニックス氏が立ち直るまえにロッドを元に戻して、他の三人を促して第三競技室を後にした。

ベティはニックス氏のそれとは別の意味で茫然と

していたが、体育館を出るとどうにも納得できない様子でエマ小母さんに話し掛けた。

「あの人、本当にチャンピオンなんですか？」

「そのはずなんだけどねえ、困ったわねえ……」

二人の眼から見ても、チャンピオンがこの少年に手も足も出なかったのは疑いようがない。

リィはリィで呆れたような顔である。

「最初から言っておいてくれればよかったんだよ。それならこっちで相手を調達しておいたのに」

「あら、でも、相手って言っても……」

「チャンピオンより強い人なんているんですか？」

「あんなのは話にならないよ。おれはおれと互角に戦える相手を今のところ二人しか知らない。だけど今日これからっていうのはちょっと無理だろうな」

とたんにベティが眼の色を変えた。

「じゃあ、今日でなかったら？」

「もうちょっとましな試合を見せてやれると思うよ。——向こうが承知してくれればだけど」

シェラが露骨《ろこつ》にいやな顔になった。

「リィ……」

「止めるなよ。乗りかかった船ってやつだ」

「あなたのことは心配してません。ですけど……」

ありありと不安の色を浮かべるシェラの心境など知らぬげに、リィはベティに話し掛けた。

「フレイアは真剣を使っているって設定なんだろう。だったら、ロッドじゃなくて本当に刃《は》のついた剣を使った試合のほうが参考になるんじゃないか？」

「もちろんです！　できることならどこかでそれを見られないかと思ってたんです！」

喜色を満面に表して叫んだベティだが、次の瞬間、自分で言った言葉にぎくりとしたらしい。

またおどおどした顔になって恐る恐る訴えた。

「でもあの……そんなの危なくないですか？」

「そうよ、ヴィッキー。やめてちょうだい」

エマ小母さんも苦い顔である。

「あなたにそんな危ないことはさせられないわよ。

そこまでしてもらういわれもないわ」

「別に危ないことはないよ。慣れてるから。おれもあいつも真剣を使っても怪我なんかしない」

「とんでもない。危なくないわけがないでしょう。いいこと、絶対にだめよ」

「ベティはどうなんだ？」

リィはこの言葉も無視して、複雑な顔をしているベティににっこりと笑いかけた。

「見たい？　見たくない？」

「あたし……あたしはあの……」

ベティは熱望と躊躇《ちゅうちょ》と恐怖のないまぜになった、ものすごい顔をしていた。

まさに『真剣』に悩んで冷や汗を滲《にじ》ませていたが、意を決して、しっかと手を組み、すがるような眼でリィを見つめて、ごくりと喉《のど》を鳴らした。

「あの……もしそんなことをしても危なくないってヴィッキーが言うんだったら……ほんとに図々しいお願いだけど、見てみたいです」

リィは楽しげに笑った。

「ベティは正直だな。——いいよ。相手次第だけど、頼んでみよう」

シェラはますますもって苦い顔である。

エマ小母さんもさすがに焦《あせ》ってシェラに言った。

「ちょっと、黙って見ていないで止めなさいよ」

「無理です」

シェラの言葉には強い苛立《いらだ》ちと諦《あきら》めの響きがある。

「この人がわたしの言葉に素直に耳を傾けてくれるようなら苦労はしません」

「だけど相手の人って——ルウじゃないわよね？」

「それならわたしも止めたりしません」

リィがあの男と真剣で戦う。

シェラにとっては間違っても見たくないものだが、言い出したら引かない人であることもわかっている。

それならそれで自分も備えの手段を講じるまでと、シェラは冷静に考えた。

4

昼食の後、小母さんは三人を高原地帯に誘った。

そこで馬に乗ろうと言うのである。

「これも役作りには必要なことですものね」

というのだが、リィは訝《いぶか》しげに問い返した。

「舞台の上で馬に乗ったりなんかするのか？」

「実際に乗馬する場面《シーン》はないわ。だけどフレイアは馬術の達人でもあるのよ。それなら本物の馬を見ておいたほうがいいでしょ？」

「はい。それはそうなんですけど……」

ベティは何やら言いにくそうな顔をしている。

小母さんはからかうように続けた。

「馬はもう見に行った？」

「はい。プラティスの乗馬学校に。でも……」

「調教された乗馬用の馬はベティが期待したような馬ではなかったのよね？」

「はい。どの馬も人によく懐いておとなしくて……とってもきれいでしたけど、あれじゃだめなんです。フレイアが乗りこなしているのは人に慣れていない荒馬なんですから」

「わかってるわよ。少しは小母さんを信用しなさい。これから行く牧場では野生馬を乗りこなすところが観られるのよ」

「ありがとうございます！」

一転して顔を輝かせたベティだった。

ところが話を聞いてみると、ベティはその慣れた馬にしか乗った経験はないという。

リィもシェラも絶望的な表情になった。

「……それで調教していない馬に乗ろうって？」

「ご冗談でしょう？」

乗りたいと言ったところで現場の人間が許可するわけがない。振り落とされるのが落ちだからだ。

しかし、ベティはとことん前向きだった。

「無理に乗らなくてもいいんです。慣らすところを見学するだけでも参考になりますから」

「そうよお。乗馬学校にいる馬と野生馬は全然違う生き物だもの。実際に野生馬の群を見て、雰囲気を感じるだけでもずいぶん違うわ」

「はい！」

『たかがお芝居』に何故そこまで情熱を傾けるのか、リィにもシェラにもさっぱり理解できなかったが、それは言えない。間違っても言えない雰囲気だ。

高速で走ること二時間、景色ががらりと変わって、緑豊かな牧草地帯が現れる。

色とりどりの馬が何頭も走っているのが見えた。

この星にこんなところがあるとはリィもシェラも知らなかったが、自然環境学や自然生態学、それに動物学のために数百キロ四方にも亘《わた》る土地を確保し、自然環境を維持してあるのだという。

その中に野生馬を乗馬用に調教する施設があり、一行はそこへ向かった。

真っ黒に日《ひ》に焼けた男の人がテンガロンハットを片手に笑顔で出迎えてくれた。

「お待ちしてました。ベイトンさんですね。ぼくはジョン・ポール。皆さんをご案内します」

「まあまあ、どうもありがとうございます。今回は本当に突然のお願いで申し訳ありません」

エマ小母さんの手回しの良さには感嘆する他ない。

一行はポールの案内でさっそく野生馬を調教する一角に連れて行かれた。

狭い囲いの中に斑《ぶち》の馬がいた。まだ若い馬だ。見るからに鼻息が荒く、興奮している様子である。

ポールと同じように日焼けした男たちが四、五人、その周りを取り囲んで落ちつかせようとしていたが、うまくいっているとは言いがたかった。

男たちが鞍《くら》を乗せようとしても、馬はいやがって激しく暴れている。それを御すのが人の技倆だが、相手は四百キロもの巨体である。

「まだ本当に調教を始めたばかりなんで、なかなか言うことを聞いてくれないんですよ」

ポールは苦笑しながら説明し、ベティはそれこそ眼を丸くして荒々しい馬の挙動に見入っている。

エマ小母さんがそっとベティに囁《ささや》いた。

「もしいつかカウガールの役をやることがあったら、ここを頼りにするといいわ」

「覚えておきます」

その後も男たちは手綱を取って押さえつけようと必死になったが、馬は人の手を嫌って猛然と抵抗し、どうしても従おうとしない。

このままでは見学者が飽きてしまうと思ったのか、ポールは取り繕ったように言い出した。

「向こうの囲いにもう少し慣れた馬がいますから、そっちを調教するところをお見せしましょうか？」

「じゃあ、おれが乗ってもいいか？」

少年の言葉にポールは眼を丸くした。

驚いている間にもリィはさっさと囲いの中に入り、男たちの間を巧みにすり抜けて馬に近寄った。

「危ない！」

我に返った男たちが慌てて叫ぶ。

蹄《ひづめ》に掛けられでもしたら大怪我は免れない。

かろうじて手綱を取っていた男も声を荒らげた。

「離れろ！　こっちに来るんじゃない！」

それでなくとも馬は知らない人間を警戒する。

見知らぬ人間が増えたのだから普通なら興奮して手がつけられなくなるところだが、何故か斑の馬は鼻息を荒くしながらも少年の接近を許した。

「よーし、いいぞ。おとなしくするんだ」

手綱を取っていた男が好機と見て張り切ったが、馬はとたんに暴れて激しく身を捩《ねじ》る。

その蹄を恐れることなく近づいたリィは無造作に手を伸ばし、馬の平首を軽く叩いてやった。

こんなことをしたらますます猛《たけ》り立つはずなのに、どういうわけか馬は逆に少し鎮まった。

眼の前の小さな生き物に向かって素直に首を下げ、

大きな顔をすり寄せたのである。

馬を取り巻いていた男たちは呆気にとられたが、馬の顔が自分の手の届く高さに下がったと見るや、リィは素早く轡《くつわ》を外して地面に落としてしまった。

男たちが止める間もない早業だった。

「な、何をする⁉」

「馬がいやがってるからさ。こんなもの着けるのはまだ早いよ」

言うと同時に誰の手も借りず、自分の眼より高い馬の背にひらりと飛び乗っている。

斑の馬が大きく跳ね上がったのはその瞬間だった。

やっと自由になったと喜んだのか、背中の荷物も苦にせずに走り出し、大きく馬体を躍らせて囲いの柵《さく》を飛び越えたのである。

男たちがわっと喚声《かんせい》を上げた。

「馬が逃げたぞ！」

その認識は間違っていた。

逃げたわけではない。リィは意識して馬を操作し、もっと広い場所を求めて移動したのだ。

囲いの外には芝を張った競走路《トラック》が設けられており、斑の馬は馬体を躍らせてこの馬場に飛び込んだ。

「た、大変だ！　子どもが乗ってるぞ！」

「早く助けるんだ！」

「大丈夫です」

男たちの混乱した悲鳴と喚声が響き渡る中、ただ一人、落ち着き払ってシェラは言った。

「あの人は自分の意思で馬を操縦していますから、ここで待っていれば一周して戻ってきますよ」

「馬鹿を言うな！　裸馬《はだかうま》だぞ！」

「戻ってこられるわけないだろう！」

男たちはシェラの言葉を信じようとはしなかった。

斑の馬は今まで人を乗せたことがない。ましてや、ここを走るのはまったくの初めてだ。

しかも手綱を装着していない。

となれば向きを変えさせることも容易ではない。

それでなくともついこの間まで野生だった馬だ。

最悪の場合、このまま競走路《トラック》を飛び出して二度と戻ってこないのではと案じた一同だったが、リィはシェラが言ったように見事に馬を操っていた。

手綱も掛かっていないというのに全速力で疾駆し、どうやって指示を出しているのか、ちゃんと向きを変更して角《コーナー》を曲がっている。その騎乗ぶりを見た男たちもやっと救助の必要がないことは理解したが、今度は開いた口が塞《ふさ》がらなくなったらしい。

呆気にとられて馬場を走る馬を見つめている。

「どうやって走らせてるんだ⁉」

斑の馬は馬場を一周して戻ってきたが、その際、見物人の前を通り過ぎながらリィは声を張り上げた。

「ベティ！　恐くなかったら競走路《トラック》に立ってみろ！　頭の上を跳んでやるから！」

見る間に走り抜けていったので最後の声はすでに小さくなっている。

それでもベティは言われた意味をしっかり悟って茫然と呟《つぶや》いた。

「あ、あ、頭の上……？」

ポールが慌てて遮《さえぎ》った。

「とんでもない！　絶対だめですよ！」

馬が全力疾走する馬場に乱入することがどれだけ危険か、素人《しろうと》にだってわかることだ。

ところが、ベティは引っ込み思案のように見えて、演技の参考になると思えば、どんな無茶でも平気でやる。というより、無茶を無茶とも思わなくなってしまうのだ。

斑の馬が再び大きく馬場を一周して戻ってきた時、ベティはポールの手を振り切って走り出していた。

「危ない！」

男たちが一斉に飛び出そうとするのを、シェラが片手で抑えた。

「動かないで！」

頭の上を跳ぶというリィの言葉を彼女がどこまで理解できたかはわからない。全力疾走する馬の前に立つことが恐ろしくないわけがない。

しかし、ベティは身体の脇で拳《こぶし》を握りしめて立ち、真正面から馬を見つめて微動だにしなかった。

顔を強ばらせ、固唾《かたず》を呑んで、迫る馬蹄《ばてい》の響きを身体で感じていたが、ベティがあっと思った時には地面が揺れ、巨大な馬体が大きくうねっていた。

そしてベティは空の代わりに馬の腹を確かに見た。見たと思ったらその馬体は一瞬で背後に消え去り、蹄の音とともに遠ざかっている。

再び男たちの間から喚声が上がる。

大きく息をしながら立ちすくんでいるベティを、シェラが急いで引きずり戻した。

「大丈夫ですか？」

ベティは蒼白な顔をしていたが、シェラの問いにしっかりと頷《うなず》いた。それどころか馬場を振り返ると、熱っぽい眼をしてうわごとのように呟いたのだ。

「一瞬でよくわからなかった。もう一度……」

「それはやめておきましょうね」

穏やかにシェラが言う。

ベティは気づいていないようだが、彼女の手足は細かく震えている。自分で考えている以上に身体が大きな衝撃を受けているのだ。シェラに支えられてやっと立っているような有様だ。

エマ小母さんもそれに気づいて言った。

「ゆっくり息を吸って。ベティ。深呼吸するのよ」

一方、ポールを始めとする男たちはリィの馬術に言葉もない有様だった。まさに我が眼を疑っていた。

野生同然の裸馬を操って人の頭上を跳躍するなど自分たちには逆立ちしてもできない芸当だ。

いや、こんな技は軽業《かるわざ》を専門とする曲馬団員でも不可能なのではないか。

「いったい……何なんです、あの子？」

珍しくも言葉に詰まったエマ小母さんに代わって、シェラがにっこり笑って答えた。

「猛獣使いです」

あの人自身が猛獣ですが、とは賢明《けんめい》にも言わずに、シェラは続けた。

「野生の狼でも難なく手懐ける人ですから、あんな暴れ馬なら子猫をじゃらすのと変わりませんよ」

「狼でも？」

「はい」

深呼吸して落ちついたベティは柵に手を掛けて、颯爽《さっそう》と駆けるリィを見つめていた。

なんてきれいなんだろうと思う。

最初に見た時も男の子だとは信じられないくらいきれいな子だと思ったけれど、ああして馬に乗って走っていると金色に流れる髪が風のようだ。

決して身体の大きな少年ではない。

大人に比べれば吹けば飛びそうな華奢《きゃしゃ》な体軀だ。

それなのにロッドのチャンピオンを余裕で負かし、あんな暴れ馬を難なく乗りこなしている。

ベティはほとんど陶然《とうぜん》とした吐息を洩らしていた。

「ほんとに……フレイアみたい……」

それからシェラの視線に気づいて慌てて弁解した。

「女の子みたいって意味じゃないですから！」

「わかっています」

リィは馬場を何周もしてから見物人の前まで来て、何事もなかったかのように馬を止めた。

まるっきりの裸馬が騎手の指示通りにおとなしく停止するのを見て、男たちの眼がますます丸くなる。

「まだ走り足りないってさ」

今度はゆっくり馬を歩かせて、さっきの囲いまで戻ると、リィは馬から飛び降り、そこに落ちていた轡を拾って馬に嚙《か》ませた。

驚いたことに馬はこれをいやがらなかった。

先程の暴れっぷりが嘘《うそ》のように至っておとなしく轡を掛けられたのである。

「今なら鞍を乗せられると思うぞ。思いきり走って少しは気が晴れたみたいだから、手綱に従うことを教えてやるといい」

そう言って、愕然《がくぜん》としている男たちの一人に馬を渡してやった。

ベティも男たちと同じように眼を丸くしていた。

ポールに挨拶《あいさつ》して牧場を後にすると、興味津々《しんしん》の様子で尋ねてきた。

「……ヴィッキーは、馬に詳しいの?」

「おれは人にはあんまり好かれないけど、動物には好かれるんだよ」

「……人には好かれない?」

「うん。生意気でえらそうなんだってさ」

自分で言っていれば世話はない。

エマ小母さんも苦笑しているが、リィはベティの様子が気になったようで、ちょっと顔をしかめた。

「余計なお節介かもしれないけど、女の子でも剣の達人をやるなら、もう少し体力をつけたほうがいい。——芝居のことは知らないけどな。少なくとも馬に飛び越えられたくらいで立ちくらみを起こすような達人がいないことだけは確かだぞ」

ベティは赤くなってうつむいた。

決して体力がないわけではないが、必要な水準に達していないことは自覚しているらしい。

「ジムにも通ってるんだけど……あたし、あんまり運動神経よくなくて」

エマ小母さんが優しく言った。

「いいのよ、ベティ。何も本物になる必要はないわ。肝心なのは見ている人があなたのフレイアを本物と感じてくれるかどうかなんだから。それより無理をして身体を壊すほうが心配よ」

「そんな例が実際にあるんですか?」

シェラが尋ねると、小母さんは困ったように肩をすくめた。

「いつものことなの。この子、根を詰めすぎるのよ。悪くすると食事を摂《と》るのも寝るのも忘れてお芝居の稽古《けいこ》に熱中しちゃうんだから」

それは身体を鍛《きた》える以前の問題である。

この日の夕方には四人はペーターゼン市まで戻り、小母さんの奢《おご》りで夕食を摂った。さらに小母さんはベティのために部屋を取ってやり、それが市内でもかなり格上のホテルだったので、ベティはしきりと恐縮していた。

「こんなに立派なホテルでなくても……」

「だめよ。女の子一人で泊まるんだから」

　安全のためだと思って我慢しなさいと小母さんが言い聞かせると、ベティも仕方なく従った。

　しかし、彼女もまだ十四歳である。

「学校はどうするんだ？」

　リィが尋ねると、ベティは首を振った。

「今期の単位はもう全部取ったから大丈夫。あとはフレイアだけなんです。この役さえ——今度のこの舞台さえ何とかなれば……」

　小母さんが親しげにそんなベティの肩を叩いた。

「もちろん何とかしなくちゃね。あの役はあなたにぴったりだもの。あたしも楽しみにしてるのよ」

　ベティを部屋まで送り届け、シェラと小母さんの三人だけになると、リィは苦笑して言った。

「お芝居にこんな苦労があるとは思わなかったな」

「あら、普通の子ならあんなに悩んだりしないわよ。脚本にある台詞《せりふ》を覚えて演出家の指示するとおりの演技をして、それでおしまいだわ」

「ベティは違うのか？」

「あの子はね、典型的な紙一重のタイプだから」

「紙一重？」

「そう。『何とかと天才は紙一重』よ。あの若さであそこまでのめり込むのは珍しいわ」

　シェラが胸を撫《な》で下ろす仕種《しぐさ》をした。

「よかった。お芝居をする人はみんなあんなふうに浮世離《うきよばな》れしているのかと思いました……」

「みんながみんなあの子みたいだったら大変よ」

　昇降機を待つ間、エマ小母さんはリィを見つめて礼を言った。

「今日は本当にありがとう。助かったわ」

「それはいいけど、こういう用件だったらどうしてルーファに頼まなかったんだ？　おれと違って芝居だって上手なのに」

「だからこそよ。あの人のお芝居は上手《うま》すぎるもの。

お手本を示してもらってそれを真似ても意味がない。あの子自身が何かを感じ取らなければだめなのよ。それに、あなたのほうがあの子と歳も近いしね」

リィは肩をすくめて、今日一日ずっと感じていた疑問を口にした。

「ずいぶん親身になって世話しているみたいだけど、エマ小母さんはベティとどういう関係なんだ？」

「あたしは彼女のファン第一号よ」

眼を丸くした二人に、ジンジャーはあくまでエマ小母さんの口調で説明した。

「プラティスには星の数ほど演劇学校があってね。しょっちゅうどこかで定期発表会が開かれているの。演技の水準を言うなら学芸会と大差ないものだけど、これが案外馬鹿にできないのよ。時々とんでもない掘り出し物を見つけることもあるから」

「ベティがそう？」

「今のところは」

何やら含みのある言い方である。

「あたしが初めてベティを観たのは一年前よ。幕がおりると同時に楽屋に押しかけて仲良くなってね、それ以来何かと相談に乗ってるの」

シェラが首を傾げた。

「ですけど、それならどうしてそんな変装を？」

「正体を明かしたらいけないのか？」

「いけないわね。それでは彼女のためにならないわ。わたしはこれでも結構な有名人ですからね」

普段の口調で悪戯《いたずら》っぽく微笑んだジンジャーだが、眼は笑っていなかった。

大女優のジンジャー・ブレッドが学校の文化祭を見学に現れたとなればそれだけで記事になる。

しかも特定の生徒に眼を掛けているとわかったら、星を揺るがす大騒ぎに発展してしまうのだろう。

「一番まずいのはね、わたしが注目していることであの子の才能は保証されていると――将来の成功は約束されたも同然だと世間が考えてしまうことよ」

「それは違う？」

「もちろんよ。そんなに甘いものじゃないわ」

映画界という浮き沈みの激しい世界で五十年以上第一線に立っている大女優は厳しい顔で言った。

「ベティはまだ十四歳。百年に一人の女優になるか、それともお芝居に熱中しすぎる変な子で終わるのか——どちらに転ぶかはあくまで彼女次第よ」

シェラが小さな吐息を洩らした。

「厳しい世界なんですね……」

「そうよ。この世界で成功を夢見る子は山ほどいる。それこそ星の数ほどもいるけれど、その中で本当に本物の星《スター》になれるのは——芸能の神に選ばれたごく一握りの人間だけよ」

ホテルのロビーに出た時には、ジンジャーは再びエマ小母さんの身振りや歩き方に戻っている。

タクシーを拾って二人をフォンダム寮まで送ってくれたが、玄関先で別れる時になって、心配そうに尋ねてきた。

「……本当に真剣勝負を見せてくれるの？」

「勝負じゃないよ。ただの試合だ。それもあくまで相手次第だから約束はできないけど」

そう言いながらリィは笑っている。

「あそこまで期待されると見せてやりたくなるのが人情ってもんじゃないか。そのつもりで相手側にも話してみるよ」

エマ小母さんはわざとらしく眼を丸くした。

「意外だったわ」

「何が？」

「あなたがこんなに親切だとは思っていなかった」

「お互い様だ。おれだって、ジンジャーがこれほど世話焼きだとは思わなかったよ」

「言わせてもらえればそれこそルウのせいよ」

リィのみならずシェラも不思議そうな顔になった。

既に辺りが暗くなっていたせいか、ジンジャーは外灯を見つめて本来の口調で淡々と語った。

「あの人には才能がある。それも、舞台人が喉《のど》から手が出るほど欲しがっている才能をありあまるほど持っている。歌唱力も演技力も身体能力の高さも、舞台に立った時に観客の眼を惹《ひ》きつける花までもね。それなのに、あの人はその才能を人前で使おうとはしない。それどころかなるべく隠そうとするのよ」

「………」

「わたしから見ればそんなのは才能の無駄遣いよ。——我慢できないわ。この世界で生き残ろうとして、それでも本人の努力だけではどうにもならなくて、結局消えていくしかない人間がどのくらいいるか、あの人は知らないのかしら？」

多くの実例を見てきただけにジンジャーの言葉は重かった。氷のように冷ややかな大女優の迫力に、さすがの金銀天使も怯《ひる》んだが、リィは果敢《かかん》に相棒を弁護した。

「だけど、それはルーファのせいじゃないよ」

「わかってるわ」

菫《すみれ》の瞳が鋭い光を帯びて金の天使を見た。

「あの人は舞台の上での成功なんか望んでいない。誰もが羨《うらや》む才能も、あの人には何の値打ちもない。そのくらいわたしにもわかっているつもりよ」

「………」

「だからこそ——というのは変かもしれないわね。けれど、それが正直な気持ちでもある。有望そうな才能を見つけたら伸びてほしいと思うのよ」

見た目より多少歳が行っていても、実年齢はまだ十九歳の二人にはなかなか奥深い話である。

シェラが躊躇《ためら》いながらも、思い切って問いかけた。

「お志《こころざし》は立派ですが、それは結果的にご自分の商売敵《がたき》を育てることになりはしませんか？」

エマ小母さんは胸を張って断言した。

「ああら、そんな心配はご無用よ。あたしは何しろ老い先短い年寄りですからね。あんな若い女の子と仕事がかぶったりしないわよ」

こんな『老い先短い年寄り』は絶滅が危惧《きぐ》される希少《きしょう》動物より存在が珍しいのではと訝しみながら、二人はジンジャーと別れて寮に戻った。

階段を上っている途中、シェラは前を歩くリィに向かって単刀直入に尋ねていた。

「そんなにベティが気に入りました?」

普段は控えめに見えながら、必要な時はずばりと切り込んでくる銀の天使にリィは苦笑した。

「そうだな。芝居のことはわからないけど、彼女の一生懸命なところには好感が持てる」

「だからといって、あの男と真剣勝負など……」

どうにも感心しないと顔をしかめているシェラにリィは笑って言った。

「おれはあいつと命のやり取りをするつもりはない。だからやるのは勝負じゃない。ただの試合だ」


ケリーは単独でシティを訪れ、連邦情報局長官のヴェラーレンと極秘に面会していた。

ゾーン・ストリンガーが自分に接触してきたこと、『やむを得ず』ストリンガーを倒した一件を手短に説明して話を締めくくった。

「ストリンガーがわたしの素性を知っていたことは間違いない。問題はそれがどこから洩れたかだ」

あえて総帥時代の口調で話しているケリーに対し、ヴェラーレンは疲れたように笑っていた。

「——それが、わたしのところからだと?」

「三世を始めとして、あの部屋に集まった顔ぶれがこんなことを好んで人に話すとは思えないのでな。残るのはきみだけだ、アダム」

「お言葉ですが、ミスタ・クーア。わたしも彼らと同様です。こんな突拍子もないことをいったい誰に話せると言うんです?」

情報局長官の言葉には自嘲の響きがあった。

「ラー一族という超常能力者がその能力を発揮して死んだ人間を生き返らせたと? それも、よりにもよってあなたを?」

言外の意味は共和宇宙でもっとも有名と言っても差し支えのない重要人物を——である。

「誰に話したところで信じてもらえるはずもない。

そのくらいおわかりのはずですぞ」

「それはどうかな。ストリンガーはわたしの蘇生《そせい》をクーア財閥の科学力によるものだと思い込んでいた。あのコンテナの存在を突き止め、サリヴァン島から運び出すように命じたのは他ならぬきみだぞ。当然、きみの部下の中にはそのコンテナにまつわる事情を知るものがいるはずだ」

「否定はしません。少数ではありますが、わたしの部下の中には『クーア財閥が死者の蘇生法を真剣に研究しており、それは既に実用段階だった』ことを知っている者が確かにいます。それは認めましょう。しかし、後がいけません。彼らとストリンガーとを結びつける線がない」

「ストリンガーのほうからその部下たちに接触した可能性は？」

ヴェラーレンは先ほどとはまた別の意味で疲れたような苦笑を浮かべた。

「あなたのお言葉とはいえ、連邦情報局をそれほど侮《あなど》って欲しくはありませんな」

部下たちの素行くらい、本人も知らないところで入念に調査させていると言いたいのだろう。

「きみの直属の部下たちはどうだ。国際情勢局長のベルンハイムやその部下のヘニングス、彼の部下の主任などは？　彼らはわたしがわたしであることを肌で知っている人間のはずだぞ」

「お気持ちはわかりますが、同じことです。職制の彼らにはもともと定期的に監査が入ります」

妙な動きをすればたちまち露見《ろけん》するというのだ。

ヴェラーレンは深い息を吐いて続けた。

「あの一件に関しては――わたしたちの間では口にすることは禁忌《タブー》なんです。ベルンハイムはまだしもヘニングスはあなたと会って直《じか》に話した。とは言え、その事実を利用して身に役立てようと思いつくほど才の利く人物ではありません。それほど太い神経の持ち主でないことも確かです」

「…………」

「あなたのことだけならともかく、D1《ディーワン》の崩壊とあの大異変を間近にした以上、無理もありますまい。わたしも、何を今さらと言われるかもしれませんが――迂闊《うかつ》なことをするのはこりごりです」

「結構なことだ」

ケリーは言って話を変えた。

「ではもう一つ質問だ。最近、ウェルナー級戦艦が廃棄《はいき》、もしくは売却された事実はないか？」

「何ですと？」

「ウェルナー級戦艦だ。個人が入手するのは困難な代物だが、それが一隻ストリンガーに荷担していた。さては連邦軍から流出したのかと思い、第一軍から十二軍まで調べてみたが、最近ウェルナー級戦艦が撃沈されたという事実もなければ、所在不明という報告もない」

「当然です。そんなことがあればわたしが知らないはずはない。しかし、あれを保有しているのは何も連邦だけとは限りませんぞ」

「もちろんだ。最大保有国のマース・エストリアを含めてウェルナー級戦艦を国家で保有しているのは二十四カ国。そのすべてを探ってみたが、こちらも数は合っている。就航済の艦は皆現役で稼働中だ」

ケリーは少しばかり皮肉な笑みを浮かべていた。

「あとは製造元を辿《たど》るしかないが、さすがに個人であたるには少しばかり手間が掛かるのでな」

「――わかりました。調べてみましょう」

ウェルナー級戦艦を建造できる造船所となると、共和宇宙全域を探してもそうはない。

建造された艦が国家以外に売却される例となると、さらに少ない。

ケリーはそこからストリンガーの背後に迫ろうと考えたのだが、皮肉なことにそのケリーの眼と鼻の先で重大な会話が交わされていたのである。

連邦主席の筆頭補佐官ジョージ・ブラッグスは、軽い驚きに眼を見張っていた。

補佐官の前には男が一人、座っている。

穏やかな微笑を顔に張り付け、上品な背広に身を包んでいる恰幅《かっぷく》のいい男だった。

名刺には多国籍企業ジオ・インダストリーの名と第七開発企画部長という肩書きが記され、男自身の名前はロン・ボイドとある。

ジオ・インダストリーは連邦にとって馴染《なじ》み深い巨大企業だった。特に軍部と結びつきが強い。

今回、ボイドがブラッグスに面会を求めた理由も、自社製品について説明したいというものだった。

つまりは新兵器の売り込みである。

それにしては会いたがる相手が妙だった。

売る品物の性質上、軍部の制服組と交渉するのが通例のはずだが、今回は何故かブラッグスに面会を求めてきたのだ。

しかし、それも無理もないと言えた。

ボイドの話を聞いたブラッグスは何度も瞬《まばた》きして、疑わしげに問い返していたのである。


「……超能力部隊――ですか？」

「いかにも。連邦軍は実現不可能と判断して研究を断念したようですが、我々のそれは既に実用段階に入っております」

ボイドは特に自慢する様子でもなく淡々と話していたが、急に居住まいを正した。

「筆頭補佐官。実は、今日は腹を割って話したいと思って参りました。我々の研究は最終的に連邦軍に採用していただけるものであると自負していますが、実用段階に達したとはいえ、まだ万全とは言えない。そこで連邦に協力してもらいたいのです」

大仰な前置きである。

ブラッグスは内心やれやれと思いながら儀礼的に問いかけた。

「どのような協力をお望みですかな？」

「ラー一族の黒い天使を紹介していただきたい」

その場で卒倒しなかったのがいっそ不思議だった。

ブラッグスのような立場にある人間はそう簡単に

真の感情を吐露することは許されない。何を見聞きしようと平静を装わなければならないのだが、この不意打ちには表情を取り繕うことすらできなかった。

だが、ボイドはブラッグスに立ち直る間を与えず、さらにたたみかけたのである。

「それが無理だとおっしゃるならミスタ・クーアに会わせていただきたい。彼なら黒い天使と接触することもできるでしょうから」

今度こそ心臓が止まる思いをしたブラッグスだが、彼も連邦主席の片腕として知られる男である。

動揺を押し隠し、あえて何喰わぬ顔で答えた。

「……おかしなことを言われる。ミスタ・クーアは五年前に亡くなりました。ご存じのはずだ」

「もちろん知っています。しかし、彼は戻ってきた。遺体は骨も残らぬまで火葬され、その遺灰は宇宙に流されたにも拘《かか》わらず、遥《はる》かに若い姿で戻ってきた。

――違いますか？」

今度こそ激しい驚きと疑念の表情を隠せなかったブラッグスに、ボイドはにやりと笑ってみせた。

「宣伝実演《デモンストレーション》としてはなかなか効果的でしょう？」

では眼の前に座っているこの男は超常能力者で、自分の思考をすべて読み取っているのかと反射的に身構えたブラッグスだったが、ボイドはまたそれを読んだかのように首を振った。

「ご心配なく。わたしは超常能力者ではありません。人の思考を読むことなど、無論できません。それができるのであればミスタ・クーアの居所をわざわざお尋ねすることもなかったでしょう」

「…………」

「ですが、我々の研究所にはできるものがおります。これも確かな事実です。現に我々は彼らの力により、黒い天使の存在を突き止めることができました」

この言葉を額面通りに受け取ることはできないと、ブラッグスは焦《あせ》る心を抑えて懸命に考えていた。

ボイドがラー一族の名前を知っていること自体は別におかしくない。ジオ・インダストリーは連邦の

要人が数多く再就職していることで有名だからだ。

しかし、黒い天使――。

その存在を知っている者となると、連邦の中でも極めて限られる。

いったいどこから洩れたと、めまぐるしく思考を走らせる筆頭補佐官に、ボイドは追い討ちを掛けた。

「先日セントラルを襲った大異変もその黒い天使の仕業だそうですね」

「………………」

「超常能力の研究をするものにとって、ラー一族の存在は無視できません。それほど強力な力を有しているならなおのこと、事情を説明して我々の研究に協力してもらいたいと考えております」

「冗談ではない！」

ブラッグスは本気で怒声を発した。

知らないふりをしなければならないということもこの時のブラッグスの頭からは消え去っていた。

「協力ですと⁉　何を馬鹿なことを！　あなた方はいったいあれを何だと思っているのです⁉　あれは迂闊に触れられるようなものでもなければ、人間に扱えるものでもない！　現にセントラルはすんでのところで消滅するところだったのですぞ！」

「それはどうでしょうか？　何でもその黒い天使は自分の意志で能力を使うことはできないというではありませんか。それどころか、仮に危害を加えたとしても能力の発動はあり得ないとか――。それでは当研究所に所属する二級能力者にも劣りますよ」

ブラッグスは低く唸って相手を睨《にら》みつけた。

「そこまでご存じとなると情報漏洩源は主席顧問か、それとも連邦安全保障会議議長ですかな……？」

「それはご想像にお任せします。――しかしながら、超常能力の研究に携《たずさ》わる者として言わせてもらえば、人間の能力者でも事情は変わりません。超常能力は残念ながら機械とは違います。整備《メンテナンス》さえきちんとやっていれば、いつでもどこでも同様の性能を発揮できるという性質のものではない。妙な話ですが、

同じ内容の仕事を命じてもうまくいく時といかない時がある。それが何故かは能力者にも説明できない。その時々によって今日は調子がいい、今日は調子が悪いという極めて曖昧《あいまい》な理由で状態が左右されます。——黒い天使もそうなのでしょう」

それはどうだか——とブラッグスは皮肉に考えた。あの凄《すさ》まじい力を目の当たりにさせられた一人としてはとてもそこまで楽観的にはなれない。

対するボイドは余裕すら見せて言った。

「わたしはあなたの知らない事実を知っています。その黒い天使は一般市民として、我々の社会の中で、何喰わぬ顔で生活しているんですよ」

「何ですと?」

思わず問い返していた。

二度目に会った時、あの天使はまるでごく普通の若者のように見えた。ずいぶん器用に人間のふりをするものだと思いはしたが、まさか人として社会に溶け込んでいるとは想像したこともなかった。

そんなことをどこから突き止めたと言おうとして、ブラッグスは声を呑んだ。

「……それも、貴社の研究成果だと?」

「おっしゃるとおりです」

ボイドは澄まして頷いたが、ブラッグスの表情はますます険しくなった。

「ボイドさん。一つだけ確かなことがある。こんなお話を聞いた以上、連邦は貴社の動向から眼を離すわけにいかないということです。近いうちに当局が査察に入ることを覚悟していただきたい」

「これは手厳しい」

ボイドはわざと眼を見張って見せた。

「しかし、いささか道理の通らないお話です。超常能力の実用化は連邦にとっても悲願のはず。我々はむしろ連邦に協力しようと申し出ているのですぞ。そちらにとってもよい話だと思いますが?」

「いいですか、ボイドさん。民間企業の貴社と違い、わたしには共和宇宙の安全を守る義務があります。

主席も同じ判断を下すでしょう」

　ボイドは真剣な顔で身を乗り出した。

「筆頭補佐官。あなたが彼らを恐れ、先日の異変を神の祟《たた》りと考えていることはよくわかっています。しかし、冷静に考えてみてください。彼らが本当に神であるならば、あるいは神にも等しい力を持っているというのであれば、彼らの能力を解明しようと、あなたにこんな話を持ちかけたわたしに対しても、とうに神罰をくだされているとは思いませんか？」

「…………」

「ラー一族の正体がなんであれ、神などではない。ただ一つ確実にわかっていることは彼らが桁外《けたはず》れの超常能力者であるということです」

「…………」

「誤解なさらないでほしいのですが、我々は彼らと敵対する意思も、彼らを利用する意思もありません。試みたところで、そんなことは現実的に不可能です。あなた方連邦が彼らとの共存の道を選択したように、我々も彼らと協力して、互いの最善を尽くしたいと願っているだけなのです。——その点をご理解の上、ご協力願えませんか？」

「あいにくですが、ボイドさん。それは到底無理なご相談というものです」

　頑として突っぱねながらも、ブラッグスは険しい顔だった。

　ジオ・インダストリーはさまざまな産業に関わる複合企業だが、特に軍事産業に力を入れている。

　そんな巨大企業が黒い天使の存在を知った以上、興味を示すのも触手を伸ばすのも当然と言えるが、連邦としては極めてありがたくない事態だった。

　超常能力開発研究から完全に手を引かせることは難しいとしても、あの黒い天使に接近しようとすることだけは何としてもやめさせなくてはならない。

　必要とあらば連邦の名前で正式に抗議しなくては
——とブラッグスはそこまで決意を固めていた。

「ご理解を得られなかったのは残念ですが、当社に査察にいらっしゃるのであれば、それはそれで結構。必ずご満足できる成果をお見せしますよ」

　ボイドがそう言って引き上げた後、ブラッグスはさっそく対応を協議するつもりで準備に入った。

　ところが、とんでもないことがわかった。

　あらためてジオ・インダストリーに連絡を入れ、査察の意向を示したところ、担当者は困惑の表情を浮かべながら、当社に第七開発企画部という部署は存在しませんがと言うのである。

　もちろんロン・ボイドという人間も存在しない。

　愕然としたブラッグスだった。

　無意識にジオ・インダストリーとの通信を切ったその手が震えていた。

　自分は間違いなくボイドという男と話した。

　そして、その男は黒い天使の存在を知っている。

　ケリー・クーアが戻ってきた事実も知っている。

「……大変だ」

　言わずもがなのことを呟いたブラッグスは総身を冷たい汗に濡らしていた。

5

ワトキンスは『事務所の事情』は抜きにしても、あの二人をぜひとも欲しいと思っていた。

そこは長年この世界でやって来た経験である。

実物を見て、これなら事務所がおおいに潤《うるお》うのも自分の経歴に箔《はく》がつくのも間違いないと確信した。

だから社長から突然、あの二人のことは諦《あきら》めろと言われても素直に頷けるわけがなかった。

猛然と抗議した。

「何故です？　そもそもセラフィナの受講は口実で、あの二人をスカウトしろという厳命だったでしょう。ぼくはちゃんと節度を守って接してますし、苦情が来るようなことはしてませんよ！」

「わかっとる！　それはよくわかってるんだ。何もきみに落ち度があったわけじゃない。――しかし、子どもたちはあまり乗り気じゃないそうじゃないか。いやだというものはどうしようもないだろう」

これには耳を疑ったワトキンスだった。

この豪腕社長らしからぬ消極的な発言である。

「あの子たちの保護者が何か言って来たんですか？　でしたらぼくが直々に話しますよ」

「よせ！　ワトキンス！」

テイラーは苦しまぎれの怒声を発した。

「これは社長命令だ！　あの子たちには今後一切、関わるな！　いいな！」

と言われても納得できるわけがない。

しかし、手応えが芳《かんば》しくないことはワトキンスも自覚している。

そこでワトキンスは十代の少年に対しては抜群の効果を発揮するセラフィナに、あの子たちを撮影に誘ったらどうだと水を向けてみたが、セラフィナはあまり気乗りしない様子だった。

「だって、あの子たちと話したことないし……」

彼女にとって、自分を慕う様子を見せない少年は存在していないのと同じことなのだろう。

存在しない相手に話し掛けるなんて理解できないというわけだ。セラフィナもある意味、自分だけの世界を見つめて生きている少女だった。

ワトキンスは激しい葛藤《かっとう》に頭を掻きむしった。

「十年に一人の（本当は二人だが）売れっ子になる逸材をむざむざと……！」

しかし、これはセラフィナには言えない。

おっとりしているようでも彼女は自意識が強いし、またそうでなければモデルなどできない。

あたしよりその子たちのほうがいいの？　と臍《へそ》を曲げられるのは必至である。

一人でやきもきするより他なかった。


放課後のアイクライン校の門前で、ベティは一人、所在なげに佇《たたず》んでいた。

知らない学校の前というのはあまり居心地のいいものではない。待ち人の姿を探してしきりと校舎を窺《うかが》っていたのだが、その視線の先に信じられない人の姿を見つけて、ぽかんとなった。

しかし、その熱い視線を浴びているセラフィナはベティのことなど眼中にない。悠然《ゆうぜん》と通り過ぎて、さっさと迎えの車に乗り込んだ。

その車が走り去るのを見送って茫然と立ちつくす背中に、リィは何気なく声を掛けた。

「どうしたんだ？」

振り返ったベティはすごい勢いで尋ねてきた。

「ヴィッキー！　い、今の！　セラフィナ⁉」

「ああ。ここの短期受講生だよ」

「……嘘《うそ》みたい。本物、見ちゃった」

ベティは感嘆もあらわな吐息を洩らしている。

「……ほんとにきれい。お人形さんみたいだった。いいなあ！」

「何が？」

「あたしもあのくらいきれいだったらって思ったの。──そうしたらもっと舞台映えするのに」

「……そんなもんか?」

ジンジャーの見事な変装術を見る限り、顔の造作などはどうにでもなるのではないかと思えるのだが、ベティはあまり自分の容姿に自信がないらしい。

困ったような吐息を洩らしながら、あきらめ顔で言ったものだ。

「顔は今さら変えられないし……もうどうしようもないから、せめてもうちょっと筋肉つけないと……役者は演技力だけじゃなくて体力も大事だから」

「どうしようもない顔には見えないけどな?」

大真面目に言われてベティは二度ため息をついた。

力無く笑って首を振った。

「ヴィッキーにそんなこと言われても……」

説得力が全然ないとベティは控えめに抗議したが、リィも不思議そうな顔で言い返した。

「それなら、誰が言えば説得力があるんだ?」

「えーっと……」

下校してくる生徒たちが遠巻きに二人を見つめて、ひそひそ囁《ささや》き合っている。

それでなくとも女の子と話すリィの姿は珍しい。

加えて現在、アイクライン校中等部一年の間では『ヴィッキーの片思いの彼女』のことはかなり有名だったからだ。

そんなに気になるなら、本人に直接訊いてみればよさそうなものだが、それが気軽にできる相手ではないのである。

「もしかして、あれがジャスミン?」

「なんか……あんまりぱっとしないよな……?」

「あれならセラフィナのほうがずっと可愛いぜ」

「言えてる」

生徒たちが容赦《ようしゃ》のない品定めをしているところへ、真っ赤なスポーツカーが音を立てて門前に止まった。

中から降りてきた恐ろしく背の高い、たくましい女の人を見て、ベティの眼は真ん丸になった。

男の人でもここまで大きな人は滅多にいないのに、この人の持つ迫力と存在感と来たら尋常ではない。

舞台に立ったら、そこにいるだけで観客の視線を独《ひと》り占めにできる人だ。もっとも存在感が強すぎて他の役者は非常に絡みづらい。この人と互角に渡り合うにはそれだけの力強さを持っている人でないと押し負けてしまうだろう――と思っている傍《そば》から、まさにその人に引けを取らない輝きと存在感を放つ金の天使が嬉しそうに笑って言った。

「ジャスミン、どうしたんだ？」

不幸にもこの声が聞こえる範囲にいた生徒たちが揃《そろ》って硬直してしまったのは言うまでもない。

その人は笑ってベティに話し掛けてきた。

「きみがベティ・マーティン嬢か？」

「は、はい！」

口調は穏やかで優しいのにやっぱりすごい迫力で、近くにいるだけで無性にどきどきさせられる人で、ベティはしゃっちょこばって返事をした。


「よろしく。エマ小母さんはわたしの古い友人でな。こちらのきれいな少年は新しい友達なんだ」

リィは困ったように苦笑している。

「小母さんはジャスミンまで呼び出したのか？」

「いや？　わたしはシェラに呼ばれてきたんだぞ」

リィは驚いて、いつも影のように控えている銀の天使を振り返った。

「当然の用心です」

シェラはきっぱり言ったものだ。

「残念ですが、わたしの腕ではあの男を止めるのに充分ではありませんので」

「おまえなあ……」

嘆息するリィは無視して、シェラはジャスミンに頭を下げた。

「急なお願いにもかかわらず引き受けてくださって、ありがとうございます。それで――銃は持ってきてくださいましたか？」

「もちろんだ。商売道具みたいなものだからな」

不敵に笑ったジャスミンだが、ベティを気にして、声を低めて囁いた。

「しかしだ、正直に言うなら、麻痺《まひ》水準《レヴェル》とはいえ、できれば撃ちたくないんだが……」

「いいえ、何でしたら殺害水準《レヴェル》にしてくださっても、わたしはいっこうにかまいません」

「シェラがかまわなくても、こっちはかまう」

ジャスミンは苦笑して、スポーツカーに乗るよう、三人を促した。

その際、何を感じたのか、顔を上げて下校途中の生徒たちをぐるりと見やったので、顎《あご》が外れそうな顔をしていた生徒たちは慌てて視線を外し、蜘蛛《くも》の子を散らすように逃げ出した。

その動きを訝《いぶか》しみながら、ジャスミンは運転席に乗り込んでサングラスを掛けた。

「はて、何やら非常に生徒たちの視線が痛いが……気のせいか？」

「気のせいだよ。ジャスミンが注目されるのなんかいつものことじゃないか」

リィがしれっと言ってのける。

「……どうもそれとは少々違う視線のようだがな」

首を傾げながらもジャスミンは車を発進させた。

目的地はログ・セール大陸である。

大陸横断道路に出ると、ジャスミンは速度を上げ、視線は前方に固定したまま不意に言った。

「尾《つ》けてくる車があるな」

後部座席のベティが驚いて振り返ろうとするのを、隣にいたシェラが止めた。

助手席のリィも振り返ろうともせずに訊《き》いた。

「わかるのか？」

「当たり前だ。敵意はなさそうだが、これが問題のワトキンス氏か？」

「たぶんな。撒《ま》けるか？」

「任せろ。——後席、しっかり捕まってろよ」

言うなりジャスミンは速度を上げた。

その後の運転と来たら絶叫マシンさながらだった。

もちろん全員シートベルトはしているが、そんなものは気休め程度にしかならなかったのである。

目的地に着くまでシェラにしがみついたベティの悲鳴が絶えることはなく、ジャスミンもその声量に感心して言ったものだ。

「ベティはミュージカルもやるのか？」

「できませええん！　あたし音痴《おんち》なんですううう！」

半分泣きながらの悲鳴だが、その声がまたすごい。

助手席のリィが少しも姿勢を乱さずに呟《つぶや》いた。

「もったいない。宝の持ち腐れだぞ」

目的地は市営の多目的施設だった。

少人数用の会議室から子ども向けの遊戯室の他に、室内運動場まで併設されているものだ。

真っ赤なスポーツカーがその前で停止する。

足下が揺れなくなったことで、ベティがようやく立ち直った頃、無人タクシーが一台やってきた。

降りてきたのはもちろんエマ小母さんである。

「あらまあ、ジャスミン。お久しぶり！」

その姿を見たジャスミンはひたすら苦笑していた。

どんな姿になっていようと、この友達を見間違うはずはないが、普段のジンジャーならジャスミンを『ジェム』と呼ぶ。それが今は『ジャスミン』だ。

どこまでも徹底する人である。

「……またずいぶんと思い切った格好だな」

「あら、そうお？」

エマ小母さんは小太りの自分の身体を見下ろして、花柄《はながら》のスーツのスカートを撫《な》で下ろした。

「やっぱりちょっと派手だったかしらね？」

「そういう意味じゃない。——どうやってここまで着ぶくれてるんだ？」

後半は小声である。

小母さんも声を低めて言い返した。

「詰め物入りの特製肌着を着てるのよ——ああ、ベティ！　よかったわねえ！　こんなに早く試合を見学できることになったんだもの！　ヴィッキーと相手の人にちゃんとお礼を言いなさいね」

「はい」

ベティも演技に熱中する少女の顔になって頷《うなず》いた。

最後に肝心の試合の相手がのんびりした足取りでやってきたが、その姿はベティには予想外だったと言わざるを得ない。小柄で細身の自分よりいくつか年上なだけの、どこにでもいる少年に見えたからだ。

「よう、でっかい姐《ねえ》さん」

顔なじみのジャスミンに挨拶《あいさつ》したレティシアは、見知らぬ中年女性を見て首を傾げた。

「こちらのお姐さんはどちらさんで？」

「あたしはエマ・ベイトン。エマ小母さんでいいわ。あなたがヴィッキーのお相手なの？」

「まあね。レティシア・ファロットだ」

ベティもおずおずと自己紹介をして礼を言ったが、レティシアは笑って手を振った。

「ああ、いいっていいって。そんなの気にすんなよ。俺にとっても悪い話じゃないからさ」

「……そうなんですか？」

「ああ、この頃ちょっと運動不足だったもんでね。願ったりってとこだな。たとえ形だけでもだ」

「かたちだけ――って？」

首を傾げたベティにリィが説明した。

「これからおれたちがやるのは普通の試合じゃない。最初から手順が決まっている立ち合いだ。そうだな、剣戟映画《ソード・アクション》の殺陣《たて》みたいなものだと思えばいい」

「攻め手がこう来たらこう受ける。躱《かわ》してこう動く。そういう一連の流れをあらかじめ決めてあるのさ。だから形だけってわけ」

レティシアも気楽に説明したが、エマ小母さんが真顔で口を挟んだ。

「ちょっと待って、二人とも。殺陣は舞踏《ダンス》と同じよ。ちゃんと専門の振り付け師がいて、何度も練習して、身体に動きを覚え込ませるのよ。あなたたちはその動きをどうやって振り付けたっていうの？」

「昨日、通信で話して決めたんだよ」

「通信で……話した？　じゃあ練習は⁉」

二人は笑って言った。

「してない」

「必要ねえよ」

エマ小母さんとベティは何とも言えない顔になり、思わずジャスミンを振り返った。

そのジャスミンは、本当に止めなくていいのかと、厳しい眼をシェラに向けたが、シェラは黙っていた。

型を決めてあると聞いていくらか安心したものの、警戒は解かない。

「……ジャスミン」

建物に向かいながらシェラは硬い声で言った。

「お願いしたとおり、あの男に少しでも妙な動きがあったら、ためらわずに撃ってください」

「そうならないことを願いたいな」

小母さんは今日もぬかりなく室内運動場の一室を借り切ってあった。

中に入ると、リィは持参した細長い包みを解いて二本の剣を取り出した。


一本はシェフもよく知っているリィの剣。一本は鍔《つば》もなく、鞘《さや》にも何の飾りもない質素な剣だ。

リィはその質素な剣をレティシアに手渡した。

大剣というほどの長さではない。小太刀《こだち》くらいの大きさだが、レティシアが慣れた手つきですらりと鞘を払うと、ぞっとするほど眩《まぶ》しく光る刃が現れた。

その凄《すご》みはまさしく本物の刀剣である。

エマ小母さんがあらためて厳しい顔になった。

演技の深さを探求するとなりふりかまわなくなるベティでさえ青ざめた。とんでもないことを頼んでしまったと、今さらながらに寒気を覚えたのだ。

レティシアはためつすがめつ美しい刃を眺《なが》めて、両手で柄《つか》を握りしめて感触を確かめている。

「あんたこれ、どっから持ってきた？」

「ルーファの故郷から」

「やっぱり、あんたの剣と同じ呪《まじな》いもんか？」

「どうかな？　そうだとも言えるし違うとも言える。これが特注品ならそっちは汎用品《はんようひん》だからな」

「何だよ。それじゃあ断然こっちが不利じゃん」

「汎用とは言ったが、二級品と言った覚えはないぞ。第一、名人は道具を選ばないもんだ」

「ほ、言ってくれるね。まあ、それじゃあせいぜい、ご期待に応えましょ」

ごく気軽に真剣を一振りするレティシアを見て、エマ小母さんが厳しい顔のまま呟いた。

「類は友を呼ぶって言うけど、驚くわね。あの子もずいぶん子どもばなれしてるわ」

「そうだろうな」

ジャスミンが相づちを打つ。右手は既に銃を抜き、いつでも撃てるように引き金に指を掛けている。

リィも剣を抜いた。

部屋の中央へ進み出ながら、壁に張りついている見物人一同に声を掛けた。

「危ないからそこを動くなよ」

ロッドの試合なら礼から始まるが、二人の少年は抜き身の剣を下げて向き合った。

と思ったら、レティシアの身体が消えた。

少なくともベティにはそう見えた。

次の瞬間、凄《すさ》まじい金属音が立て続けに鳴り響き、ベティはびくっとして飛び上がった。

ベティだけではない。

これにはシェラも一瞬ひやっとした。

冷静に二人を見つめてはいるものの、菫《すみれ》の瞳には依然として険しい光がある。

激しい焦燥《しょうそう》が半分、強い感嘆が半分の表情だ。

この二人の実力はわかっているつもりだったのに、繰り出される手数が眼で追えない。

空気を切り裂く二人の太刀先はそのくらい鋭く、気魄《きはく》に満ちている。

それでいながらその切っ先は、互いの肌の紙一枚手前のところを狙って抉《えぐ》っている。

攻め手が加減しているのか、それとも受ける側が攻撃を予測して避けているのかまったく読めない。

互いの攻撃をまさに紙一重で躱しつつ、すかさず攻撃に転じているのだ。

これがあらかじめ決めてある動きだと、いったい誰が信じるだろう。二人とも本気で相手を倒そうと全力を尽くして戦っているようにしか見えなかった。

ぎいんと刃の鳴る音が空気を震わせ、狭い室内に響き渡る。骨の髄《ずい》まで震え上がるような凄まじさだ。

拵《こしら》え事《ごと》の立ち合いだといやというほどわかっているシェラでさえ恐ろしくなる。正真正銘の殺気がひしひしと伝わってくる。

二人が取り決めた型は一つではなかったらしい。

眼にも止まらぬ早さで斬り結んでいたかと思うと、急に足を使って走り出したからだ。

並外れた脚力と跳躍力を誇る二人である。

燕《つばめ》のような素早さで室内を縦横無尽に飛び回り、見物人のいない壁にまで駆け上がったが、その間も刃の鳴る音が止むことはない。

寸前で躱しているとはいうものの、互いに真剣を使っているのだから一つ間違えば大怪我をする。

さらに今度は二人同時にぱっと飛び離れ、距離を取って対峙《たいじ》した。

初めて動きが止まったことで二人の姿をはっきり捕らえられるようになったが、その表情はどちらも恐ろしく険しい。一分の隙もなく相手を窺っている。

シェラはごくりと息を呑んでいた。

二人の身体から噴き上げる闘気が見える。

離れたところに立っているだけなのにその気魄に圧倒される。重圧で壁に押しつけられそうだった。

やがて二人はじりっと足を踏み出した。

それはたちまち速足に変化し、風のような速さで相手に迫る。すれ違いざまの一瞬に激しく刃が絡み、走り抜けたと思ったら即座に振り返ってさらに一撃。

到底、人の身体になし得る動きとは思えなかった。

リィの刃は嵐のような激しさでレティシアを攻め、レティシアの刃は稲妻《いなづま》の鋭さでリィに襲いかかる。

割って入れる戦いではないとわかっていながら、シェラはたまりかねた。何度も飛び出しそうになり、そんな自分を抑え込むのに必死だった。

どのくらいの時間が過ぎたのか、シェラの身体が脂汗に濡れ尽くし、動悸《どうき》を抑えきれなくなった頃。

突然、剣戟《けんげき》の音が止んだ。

室内に充満していた殺気が急に消え失せた。

唐突に緊張から解放されたシェラが大きな吐息を洩らすのと同時に二人は剣を引いていた。

リィもレティシアもさすがに息を弾ませている。

レティシアが、にやっと笑って言った。

「ま、こんなとこで」

「ああ」

リィも笑って頷いた。

今し方の凄まじさが嘘のように和やかに、二人は抜き身の剣を鞘に戻したのである。

「やれやれ、あんたの相手はしんどいね」

「よく言う。前より動きがいいくらいだぞ」

「そいつはお互い様ってやつだ」

「——ベティ。どうだ。少しは参考になったか？」


ところが、振り返って見ると、ベティは眼を真ん丸にしたまま固まってしまっている。

「ベティ？」

エマ小母さんがベティの顔の前で手を振ったが、反応しない。やむなく眼の前で大きく手を打つと、「わっ！」と叫んで我に返った。

小母さんが重ねて訊く。

「大丈夫？」

「すごかった……」

ベティは身震いして恐ろしく深い息を吐いた。

「ほんとにすごかった……。ヴィッキーの顔が全然違ってたもの」

今まさに夢から覚めたような顔であり、まだ夢の中に取り残されているような顔でもあった。

実のところ、シェラはベティの反応が心配だった。

少しばかりやりすぎではないかとも思っていた。

あんな迫力満点の『試合』を戦ってしまったら、どんな素人《しろうと》でも自分の見たものが異常だと気づく。

　十四歳の少女なら怖がって泣き出してもおかしくないのではと案じていたのだが、ベティはほとんど尊敬の口調で二人に尋ねていた。

「……あれで、型どおりの動きなんですか？」

「そうだよ。――本気でやってるわけじゃないから、あのくらいが精一杯だ」

「いんや。お嬢ちゃんにはあれでも充分本物らしく見えたと思うけどな？」

「もちろんです！」

　ベティは勢いよく頷いた後、こわごわと尋ねた。

「……でも、それじゃあ、型を使わなかったら？」

　レティシアが苦笑して肩をすくめた。

「それだと本当の勝負になっちまうのさ。三十分か一時間、下手《へた》したらもっと長くかかるかな。その間、俺たちはどっちも一歩も動かない。――で、動いた時にはどっちかが血まみれで倒れてるってわけだ」

　シェラが無言でレティシアを睨《にら》みつける。

「だけどそれじゃあお互いまずいだろ？　あんまり見応えもないしな」

　冗談でも言うような気楽な口調だった。

　ベティはレティシアの顔をまじまじと見つめて、次にリィに眼を移して、ごくりと息を呑んだ。

　それから少しばかり硬い表情をしながらも二人に向かって深々と頭を下げた。

「二人とも、今日は本当にありがとうございました。上手《うま》く言えないけど、すごく助かりました。稽古《けいこ》があるからもう帰りますけど、招待券を送りますから、よかったらぜひ舞台を見に来てください」

　小母さんがベティを空港まで送っていくと言って、二人は一足先に建物を出た。

　ベティはタクシーに乗る直前にも二人に向かってお辞儀をするのを忘れなかった。

　レティシアはその反応に興味を持ったらしい。

「もっと派手に怖がるか、逆に何にもわからないでぽかんとしてるかと思ったが……うすうす気づいたみたいだな？」

「ああ。ベティは剣《こっち》のほうはまったくの素人だけど、鈍くはないからな」

「おもしろい娘《こ》じゃねえの」

「手は出すなよ？」

真顔で念を押してきたリィに、レティシアは眼を丸くした。

「へえ？」

猫のようなその眼を楽しげにきらっと光らせて、レティシアはからかうように続けたものだ。

「あんた、やっぱりああいうのがいいんだな」

「ああいうのって？」

「だから、ああいうのさ」

ジャスミンはジャスミンで低く笑っている。

「素人でもジンジャーが眼をかけている女の子だ。その辺の女の子と一緒にはできんだろうさ。しかし、きみたちも少しは考慮してやったらどうだ。あれは戦闘経験のない少女には刺激的すぎる体験だぞ」

それはまさにシェラが言いたいことでもあったが、リィは平気な顔である。

「ベティにはその刺激が必要だと思ったんだよ」

リィとシェラは来た時と同じようにジャスミンの車でサンデナンまで戻り、レティシアは近所なので、歩いて寮へ戻ることにした。

久しぶりに運動らしい運動をしたのでさっぱりと気持ちがよかった。あんな馴れ合いの立ち合いでも、あの金色の獣《けもの》を相手にすると血が騒ぐ。

もう一度、真剣に立ち合ってみたいと思う反面、こんなふうにいつまでも終わらない勝負というのもおもしろいかもしれないと楽しんでいる自分がいる。

決着をつけたくなったらいつでもできるのだ。

焦《あせ》ることはない。

建物を出た後、レティシアは一人で歩き始めたが、その後を徒歩で尾けてくる人がいる。

もちろんレティシアはすぐに尾行者に気づいたが、敵意は感じなかったので放っておいた。

すると、その誰かは躊躇《ためら》いながらも近づいてきて、思い切ったように声を掛けてきた。

「――きみ、ちょっといいかな?」

「どちらさん?」

「失礼。ぼくはトム・ワトキンスという者なんだ。実はね――きみもモデルのセラフィナは知ってると思うけど、彼女の渉外係《マネージャー》をやってる」

「その渉外係《マネージャー》さんが何の用?」

「いや、実は、ちょっと話を聞かせて欲しいんだ。きみはヴィッキー・ヴァレンタインと一緒にいたが、彼とは親しいのかい?」

「まあ……親しいと言えば、親しいのかね?」

ワトキンスと名乗った男はほっとした顔になった。リイを一目見るなり惚《ほ》れ込み、モデルにしようと口説《くど》いているが、なかなかいい返事をもらえなくて困っているのだと話して、熱心に訴えた。

「よかったら彼のことを少し聞かせてくれないかな。もちろんちゃんとお礼はするよ」

「礼って、何くれんの?」

「学生さんに現金はまずいからね。そう……食事を奢《おご》るくらいでどうかな?」

この男のことは昨日話した時にも聞いていたから意外には思わなかったが、その根性には感心した。

気まぐれと悪戯心《いたずらごころ》と多少の好奇心が顔を出して、レティシアはこの男につきあってみることにした。

「それじゃあ、ちょうど小腹が減ってたとこなんで、遠慮なく奢ってもらおうか。そんなに高いところでなくていいぜ。――そこでいいよ」

示したのはテラスに椅子とテーブルが並んでいるハンバーガー・スタンドだった。

向かい合わせに座ると、男は珈琲《コーヒー》を頼んだ。やや遅れて、かなりの量の食べものが自分の前に運ばれてきたところで、レティシアは本題に入った。

「で、何が聞きたいわけ?」

「ずばり、ヴィッキーの女の子の好み」

レティシアは眼を剝《む》いた。

「……露骨《ろこつ》だねえ。いきなりそう来る?」

「いや、だってね。信じられないよ。セラフィナを知らないなんて！　セラフィナだけじゃない。有名モデルのほとんどを知らないって言うんだから！」

「あんたには悪いけど、その女は俺も知らない」

世にも哀れな顔になったワトキンスにはかまわず、レティシアは苦笑しながら話を続けた。

「——けどなあ、あいつの好みは難しいぜ」

「そうなのかい？」

「まず第一に容姿自慢、色気自慢の女は絶対だめ。男の前で科《しな》をつくる女もだめ。そもそも、あいつの美少年ぶりにくらっと来るような女は天《てん》からだめ」

今度は眼を剝くのはワトキンスの番だった。

「……本当に難しいな？」

「俺もそれでさんざん苦労させられたからな」

しみじみと実感のこもっている台詞《せりふ》である。

「じゃあどんなのがいいかっていったら、とにかく邪気《じゃき》のないことだ——ただしもちろん馬鹿じゃだめ。頭の回転はむしろ速い。だから時には狡《ずる》いところも見せるけど、陰でぺろりと舌を出すようなのはだめ。そんなのは一発で見抜くからな。あくまで根っ子はまっすぐでないといけないのさ」

ワトキンスは恐ろしく懐疑的な顔になった。

「……いるかな、そんな子？」

「具体的な例を言うならさっき一緒にいたでっかい姐さんがわりと近いぜ。根は正直で正義感も強い。ただし、それ以上に本人がめちゃめちゃ強いけどな。銃はぶっ放すわ、男の二、三人は片手で薙《な》ぎ倒すわ、おまけに自分の旦那《だんな》をおまえ呼ばわりだ」

ワトキンスはますます変な顔になった。

「つまり、あんまり女らしくない子がいい……？」

「それは関係ないと思うね。俺が前に知ってたのは比較的おとなしくて可愛い女の子だったからよ」

一緒に頼んだ飲みものを口に運んだレティシアは、ベティの様子を思い出して、くすりと笑った。

「あとはやっぱりさっき一緒にいた子がそうだけど、何かに一生懸命で、あいつのことはあんまり眼中にないっていうのが割りといいみたいだな」

「そうか、わかった！　そういう素っ気ない相手を口説き落とすことにヴィッキーは燃えるんだな？」

危うく飲みものを吹き出すところだった。

凄腕揃《ぞろ》いの暗殺一族の中でも比肩するものなしと謳《うた》われたレティシアにして信じられない失態だ。

てめえ頭は確かかと思いきり罵倒《ばとう》しそうになって、その非難がまったくもって的はずれであり、同時に気の毒でもあることに気づく。

舌打ちしたレティシアは哀れみと同情の眼差しを男に向けて、疲れたように言ったものだ。

「馬鹿も休み休み言えって。口説いてどうするよ。でっかい姐さんにしたって、さっきの子にしたって、あいつはただ気に入って好いてるだけだ。どうにかなろうなんてこれっぽっちも思ってないだろうよ」

ワトキンスは気の毒にますますわけがわからなくなったらしい。

「いや、だけど、おかしいじゃないか。好きなのに行動に移そうとしないなんて。ヴィッキーはそんな消極的な性格の子には見えないんだが……」

もちろんだ。リィと『消極的』くらい似合わない言葉もないが、それとこれとは問題が違う。

しかし、その内情はワトキンスにはわからない。

とことん不思議そうに首を捻っている。

「いくら相手を好きだとしても何もしないでいたら……恋愛には発展しないだろう？」

「当たり前だ。するわけねえ」

話しながらもレティシアは机に並んだ食べものをぱくぱくと片づけている。

「あいつが恋愛するところなんざ想像もできねえな。だいたい恋愛なんてのは大いなる誤解と思いこみの産物だぜ？　少なくとも人間の男と女ならそうだろ。惚れた相手は実物以上によく見えるのが普通だし、大なり小なり相手に夢を見てなきゃ成立しねえよ」

「そ、そうかもしれないね……」

高校生にしか見えない相手が妙に手慣れた様子で、

少年少女の恋というより男と女の色事めいたことを語るので、ワトキンスは眼を白黒させている。

「ところがあいつときたら野生動物なみに勘がいいもんだから、そんな誤解と思いこみの生じる余地がどこにもないのさ。まあ、あんたが考えてるような、人間の女の子相手のまともな恋愛は無理だろうよ」

「うーん。困ったなあ……」

レティシアの話をどこまで理解したかはともかく、ワトキンスは頭を抱えてしまっている。

「あんた結局、何が知りたいわけ？」

「ヴィッキーに対して誰が影響力を持っているのか、誰の言葉ならヴィッキーが耳を傾けてくれるのか、それが知りたいんだよ」

レティシアは呆れたように言った。

「だったら話は簡単だ。こんなところでくだ巻いてないで、サンデナンへ取って返せばいい。あいつに一番影響力を持ってるのも、ある程度動かせるのもサフノスクの黒髪に決まってる」

誰を指しているのかそれだけでわかったらしく、ワトキンスは小さく呟いた。

「……やっぱり、そうなるのか」

「はん？」

「いや、その彼のことは他の人からも聞いたんだが、七歳も年の離れた青年とヴィッキーがどういう関係なのかがわからなくてね」

それは普通わからなくて当然である。

いささか微妙な問題でもあるので、ワトキンスは躊躇いがちに、探るような眼差しで尋ねてきた。

「――まさかとは思うんだが、その青年はその……ヴィッキーの恋人なのかい？」

「さあて、どうだかな」

レティシアはおもしろそうに首を傾げた。

それは彼にも未だによくわからないことだった。

銀髪の生き物がリィに向けているのはひたむきな敬愛と忠誠心だとすぐにわかる。

ルウとリィの間にあるものは友愛と言うには熱く、

恋と言うには素っ気ない。

それでも、一つだけはっきりしていることがある。

あの黒い天使がいたからリィはここに戻ってきた。

この世界で『ごく普通の』人として生きることを選んだのだ。うまくいっているかどうかは別として、それだけは間違いなかった。

「どんな関係にせよ、特別な相手には間違いないと思うぜ。俺の眼から見てもそう見える。だからって、あの黒髪に言われたからって、モデルになることを承知するかどうか、そいつは保証できねえけどな。

——ご馳走さん」

あっさり言って、レティシアは席を立った。

6

その頃、ルウは奇妙な客人を迎えていた。

いつものように講義を終えてスヴェン寮へ戻ると、舎監が声を掛けてきた。来客があると言うのだ。

「いつ帰ってくるかわからないって断ったんだけど、かまわないって言って昼過ぎからずっと待ってる」

「…………？」

首を傾げながら応接室へ向かった。そんな予定も心当たりもなかったからだ。

思った通り、そこでルウを待っていたのは一度も会ったことのない女性だった。
二十七、八くらいか、服装や装飾品から察するにかなり裕福な階級に属する女性のようだが、表情はやつれて力がない。
うつろだった瞳がルウを見ると異様に輝きを増し、大きく胸を弾ませながら立ち上がった。

「ルーファス・ラヴィーさんですか？」

「そうですけど、あなたは？」

「……初めまして。アイダ・クレメントと申します。セントラルから参りました」

やっぱり初対面の女性なのだ。

その人が自分に何の用だろうと首を傾げながらも、とにかく座るように促した。妊婦服は着ていないがアイダの腹部はそろそろ目立ち始めていたからだ。

「それで、どういうご用件でしょう？」

きちんと腰を下ろしたアイダは床を見つめたまま、押し殺した声で言い出した。

「突然お伺《うかが》いして、さぞ無礼なとお思いでしょうが、どうしてもお願いしたいことがあるのです……」

せっぱ詰まった調子である。

全然知らない相手がこんな切迫した頼みごととは、どうにもいやな予感がする。

「わたし……お腹に子どもがいるんです。もうじき五ヶ月になります」

それは見ればわかるから無言で話の先を促すと、アイダは意を決したように顔を上げた。

まっすぐルウを見つめて言った。

「お願いです。この子の父親に会わせてください」

ルウは不思議そうに首を傾げた。

「そういうお願いでしたら興信所へ行かれたほうが早いと思いますけど……」

「……亡くなったんです」

「はい？」

「……この子の父親は三ヶ月前に亡くなりました。夫が死んだ後妊娠に気づいたんです。お願いします。亡くなった夫に会わせてください！」

呆気にとられたルウだった。

この女性はどう見ても本気で言っているようだが、こんなお願いに『はい』と答えられるわけがない。

訝《いぶか》しげに言い返した。


「何かの間違いじゃないですか？　ぼくは神様でも魔法使いでもないですよ」

聞いていなかった。アイダは夫が死んだ時の状況、自分と夫がいかに愛し合っていたか、三十の若さで亡くなった夫はどんなに無念だったかということを熱っぽく延々《えんえん》と語って思いつめたように訴えた。

「この子が生まれることだけでも夫に知らせたい。この子の名前を一緒に考えて欲しいんです。今でも愛しているって……お願いです。一目でいいんです。どうかあの人に会わせてください！」

支離滅裂である。

「ですからあなたは来るところを間違えてますよ。そういう類《たぐい》のお願いでしたら霊能者さんのところに行ってもらわないと」

「ですからあなたを訪ねて来たのです」

アイダは食い入るような眼でルウを見つめていた。

「あなたは他に類《るい》のない霊能力をお持ちのはずです。そのお力をもって亡くなった人と会話することさえ可能にしていらっしゃると伺って参りました」
「誰があなたにそんなことを言ったんです？」
「教祖さまです」
これはいけない。いよいよ話が怪しくなってきた。
ルウは半ば呆れながら悪戯《いたずら》っぽく問いかけた。
「すると、その教祖さまがご主人に会いたかったら
ぼくに会いに行くようにと勧めたわけですか？」
アイダが初めてたじろいだ。
「いいえ、あの……わたしがこちらに伺ったことは、
教祖さまはご存じないのです」
「どうして？」
アイダはますます苦しげな顔になった。
彼女の話を要約すると、こういうことになる。
突然の事故で夫を失ったアイダは最初、信仰する
新興宗教の教祖にすがった。
教祖はそれまでも数々の奇跡を起こしていたから
どうか夫に会わせてくれと涙ながらに訴えた。
しかし、教祖は厳しい顔になって何事にも限界が
存在すると、自分の力をもってしても肉体を離れた
魂《たましい》と交信することは難しいと首を振ったという。
そこを何とかならないかとアイダが食い下がると、
たいへん気の毒だとは思うが自分では力が及ばない、
もし、そんな奇跡を可能にする者がいるとするなら
それは——と言い掛けて言葉を濁したと言うのだ。
「教祖さまに何度もお願いして……やっとのことで
こちらを教えていただきました。ご迷惑になっては
いけないから、決してあなたを訪ねてはならないと
教祖さまから重ねて言い諭《さと》されてはいたのですが、
どうしても諦《あきら》めきれなかったのです……」
「ははあ。それじゃあ、あなたは今、自分の信じる
教祖さまに真っ向から逆らっているわけですね」
おもしろがっているような口調のルウにアイダは
非難の眼を向けてきた。
「ラヴィーさん。わたしはもう一度夫に会いたいと
心から願っているんです。お願いですから真面目に
聞いていただけませんか」

「ですけど、そういうあなたの態度も見ず知らずの相手に頼みごとをするものとは思えませんけど?」

アイダはとたんに血相を変えた。

転がるように椅子から飛び出して、ルウの足下に身を投げ出した。

「ああ！　どうかお許しください！　お願いです！　夫に会わせてくれるなら何でもおっしゃるとおりにいたしますから！　この通りです！」

必死なのはいやと言うほどわかるが、この女性の精神状態はすでに正常《まとも》ではない。

明らかな狂気が浮かんでいる顔から眼をそらさず、ルウは静かに言い聞かせた。

「興奮するのはお腹の赤ちゃんによくないですよ。無駄なことはやめて早くお家に帰りなさい。ぼくは霊能者じゃないし、あなたのご主人も知りません」

「いいえ！　教祖さまは嘘《うそ》などおっしゃいません！あなたはこの世のすべてを見通していらっしゃる方、森羅万象を知り尽くしておられる方だと教祖さまは断言されたのです！　あなたには不可能なことなど何一つないと！　何でもおできになる方なのだと！あなたにでしたら夫の霊を呼び出せるはずです！」

「ほんとにそう思います?」

ルウは優しく微笑んで、無我夢中で頷《うなず》くアイダの頰に指を這《は》わせた。

「確かに、ぼくは何でもできるかもしれないけど、本当に肝心なことは何にもできないんですよ」

言いながらアイダの首の後ろを軽く指で押した。

アイダは一瞬で気を失って崩れ落ちた。

その身体を応接室の長椅子に寝かせると、ルウはアイダの持っていた手提鞄《ハンドバッグ》を取り上げた。

外部の人間が寮内の学生に面会を申し込む場合、必ず必要になるのが身分証である。

それによると、アイダ・クレメントは間違いなくセントラルの出身だった。

鞄《かばん》の中には実家の連絡先を記した手帳もあったが、アイダが話していた教祖さまに関するものはない。

そのままアイダを寝かせておいてルウは通信室に向かい、星系外通信でアイダの実家に連絡を取った。

幸い、すぐに母親だという女が出た。

見るからに教養を感じさせる上品な中年婦人だが、その顔には疲労と不安が色濃く現れている。

どうやら彼女も娘が何かしでかすのではないかと懸念していたらしい。

ルウの話を聞いた母親は娘の無事を知ってほっと安堵《あんど》の表情を浮かべると同時に、恐れていた予感の的中に顔を強ばらせた。通信画面越しだというのに、ルウに向かって深々と頭を下げてきた。

「……ご迷惑をお掛け致しまして申し訳ありません。気づいた時には娘の姿が見えなくなっておりまして……捜索願いを出そうと思っていたところでした。どうして連邦大学なんて遠いところへ……」

「それはこっちが言いたいことです」

ルウは素っ気なく応対した。

「ご主人は連邦関係の方ですか？」

「え？　いいえ。宅《たく》は企業家でございますが……」

「お嬢さんは『教祖さま』に言われてぼくを訪ねたそうですが、とんでもない話です。その人がなんでぼくの名前を出したりしたのか不思議なんですけど、そんなでたらめを言って他人《ひと》に迷惑を掛けるなんて、許されることじゃありません。お嬢さんの不幸には心から同情しますし、訴えるつもりもないですけど、その教祖さまは見逃せません。こちらで連邦警察に通報しますから居場所を教えてください」

「……それが、わたしどもも知らないのです」

夫が死んでからアイダはほとんど錯乱状態だった。

心配して実家に引き取ったのだが、いつの間にか得体の知れない宗教団体に出入りしていたという。

といっても多額の金銭を貢《みつ》ぐようなことはなく、ただそこに通って『教祖さま』の説経を聞くことで最近ではかなり落ちついて、明るくなってきたので、好きにさせていたというのだ。

「それなのに名前も住所もご存じない？」

「はい。本当に申し訳ありません。すぐにそちらに伺いますので、その時にあらためてお詫びを……」

「結構です。ただし、今後はお嬢さんを責任もって監督すると約束してください」

　通信を切って、ルウは今度は舎監を呼び出した。

　アイダが倒れたから救急隊を呼ぶようにと要請し、顔をしかめてつけ加えた。

「あの人、何だか変なんです。死んだ夫に会わせてほしいなんて大真面目に言うんですから、正気とは思えません」

　これには舎監も驚いた。

　身元がちゃんとしていたから入寮を許可したのにそんな怪しげな人間が学生寮にやってきたなんて、大事件である。

「セントラルから来たんならルウのストーカーってわけでもないだろうし、何なんだ……？」

　舎監は理解できずに首を捻《ひね》っていたが、とにかく救急隊に連絡した。

　救急隊はすぐに駆けつけて、意識のないアイダを連れ出したが、舎監は家族が迎えにくるまで決して彼女を病院から出さないようにと入念に言い含めた。

　ルウも舎監と一緒に外へ出て救急隊を見送った。

　その時、寮の近くに止まっていた不審な車が一台、救急隊とは反対方向にそっと走り出すのが見えた。

　視界に捕らえながら、ルウはその車を追おうとはしなかった。そんな必要はなかったからだ。

　寮内に取って返し、得意の手札を広げた。

　アイダの夫の霊を呼び出すことはできなくても、あの車がどこへ向かったかくらいは突き止められる。

　手札を並べつつ、ルウは自嘲の笑いを洩らした。

　何でもできるとは笑止千万だった。そんなことがあり得ないのは自分が一番よく知っている。

　確かに自分は占いを得意としている。

　確かに自分はケリー・クーアを現世に戻した。

　それだけを見て取れば不可能を可能にしていると思われても仕方がない。

だが、アイダの夫の魂を呼び出して話すことなど、『現実的に不可能』なのである。

ケリーを復活させたことを連邦に知られた以上、こうなることはうすうす想像できた。

ただ、予想したより遥《はる》かに派手なやり方であり、奇妙でもあった。

こんな形で自分に喧嘩《けんか》をふっかけても連邦に何の得があるのかと首を傾げながら札を操る。

その手札は『南』という方向を示した。

具体的な位置や距離まではわからないが、それで充分だった。ルウはほとんど手ぶらで寮を出ると、無人タクシーを拾って南へ向かった。

低速に設定した乗り物は学校や寮が並ぶ緑豊かな地域を通り抜けて、市街地にさしかかった。

やがて建物が行く手を遮《さえぎ》った。その時点でルウは乗り物を降りて自分の足で歩き始めた。

目指すはあくまで南である。

日暮れが迫っていたが、ルウは足を止めなかった。


捜し物を続けた。

そうしてついに、街中ではよく見る地下駐車場にあの車を発見した。同型の車などいくらでもあるし、番号《ナンバー》を確認したわけでもないが、間違いなかった。

その駐車場は上の賃貸用の建物の専用だった。

ただし、無味乾燥な高層建築物とはわけが違う。

わずか七階と低く、外観は大胆な曲線を生かして設計されている。

建物の内部には中庭が二つも設けられている。

大きいほうの中庭には噴水まである。

機能性より意匠《デザイン》を優先させた建物なのだ。

建物内にこんなに庭があるのだから、延床面積《のべゆか》は必然的に狭い。それでもこの独特の意匠《デザイン》と開放的な雰囲気が人気を呼ぶのか、部屋は全部埋まっている。

建物の構造上、賃貸部分も細かく分けられていて、ルウはその一つ一つを見て回った。

外から中が見えるようにしてある事務所もあれば、扉に表札やドア飾りを下げている個人宅もある。

既に陽が暮れているので、事務所には人気はなく、逆に個人宅には団欒《だんらん》の気配がある。

五階まで来たところで、おかしな扉を発見した。

『スヴェン法律事務所』という札が掛かっているが、その下にもう一枚、何か掛かっている。

上の札を退けると、下からはきれいに色を塗った、『ようこそエドワーズ家へ！』と木彫りで彫られた、明らかに手作りのドア飾りが現れた。

つまりこの扉の中は本来ならエドワーズ宅だが、一時的にスヴェン法律事務所になっているわけだ。

わざわざ自分の住む寮の名前を付けてくれるとはご親切なことだと思いながら、ルウは無造作にその扉を押した。

思った通り、鍵は掛かっていなかった。

内装はやはり、どう見ても個人宅だった。それも華やかな若々しい趣味である。あのドア飾りといい、住人はまだ若い夫婦を中心とした家族なのだろう。

玄関を入って眼の前が居間になっており、そこに男が一人座っていた。

四十年配の、なかなか風采《ふうさい》の立派な男である。

男はルウの姿を見て立ち上がった。

前へ進み出て、丁寧《ていねい》に頭を下げてきた。

「お待ちしておりました、黒い天使」

「あなた誰？」

「アドルフ・エッカーマンと申します。こんな形でお招きしたことをお詫びいたします」

「それを知っててやるんだから、ほんとにずいぶん失礼だよね。——で、あなたの黒幕は誰？」

顔は笑っていても眼は笑っていない。

まさに『黒い天使』の面目躍如たる顔だった。

極め付きに物騒で、ぞっとするほど妖艶な顔だ。

人間ではないものと相対しているエッカーマンも思わず怯《ひる》んだが、さすがにラー一族の正体を知って仕掛けてくるだけあって根性で踏みとどまった。

「この家の人たちはどうしたの？」

「家族で旅行中です。わたしは彼らの了解を得て、留守中この家を借りているだけです」

「あなたがアイダ・クレメントの教祖さま？」

「いいえ。しかしながら、その人物は我々の同志であるとだけお答えしておきます」

エッカーマンは硬い声で続けた。

「黒い天使。我々の無礼は重々お詫びいたします。ですが、それもこれもあなたを我々の元にご招待し、理解を深めたかったが故なのです。まことに唐突なお願いではありますが、これから船に乗って我々の代表に会っていただけませんでしょうか？」

「どこまで行くの？」

「それは申し上げられません」

「遠いの？」

「はい」

「ふうん。――じゃあ、ちょっと待って」

通信端末を取り出したルウはエッカーマンの前で、堂々とフォンダム寮に連絡を入れた。

「エディ。ちょっと他星系まで出かけて来るね」

いきなりの言葉だが、さすがに金の天使はこんなことでは驚かなかった。冷静に問い返した。

「今度は何だ？」

「何だろうね。連邦の人がまた何かやってるみたい。しょうがないから行って片を付けてくるよ」

この通信は映像は映さない。音声のみの連絡だが、端末の向こうでリィの気配が変わった。

「おれも一緒に行く」

「そうして欲しいところなんだけど、ちょっと時間掛かりそうなんだ。ぼくはそれほど問題ないけど、中学生が何日も学校休むのはまずいでしょ」

「行き先は？」

「さすがに教えてくれない」

リィの声はますます険しくなった。

「ルーファ。おれも行く。今どこだ？」

「だめ。そこにいて。別々に行動したほうがいい」

「何で⁉」

「だってそうすればぼくに何かあった時、エディが助けに来てくれるじゃない」

ぬけぬけと言う相棒にリィは舌打ちした。

ついで盛大な吐息を洩らした。

「そういう言い方は……ずるいぞ」

「信用して待っててよ。なるべく早く戻るから」

ルウは逆になだめるように言って通信を切った。

「で、どこまで行けばいいのかな？」

「この者がご案内いたします」

ルウはとっくに気づいていたが、奥の部屋に人の気配がある。

現れたのはひどく顔色の悪い痩《や》せた男だった。

まだ若い。恐らく三十歳くらいだろうに、髪には既に白いものが混じり、眼も虚《うつ》ろに濁っている。

一目で身体がどこか悪いのだとわかる男だった。

「ワイス・アーヴィンです」

男は無表情に言って、手を差し出してきた。

ルウは素直にその手を取った。握手すると同時に、くすりと笑って問いかけたのはルウのほうだった。


「心は読めた？」

アーヴィンの暗い顔つきがますます陰鬱《いんうつ》になり、ルウはむしろ気の毒そうな口調で忠告したものだ。

「聞きたいことがあるならちゃんと口で言わないと、人間の能力者にぼくの思考は読めないよ？」

ラー一族でも無理なのに。

その声が二人に聞こえたかどうかはわからない。

エッカーマンは心なしか引きつった微笑を浮かべ、アーヴィンは無言でルウを出口に誘った。


ルウが一方的に通信を切った後、フォンダム寮の一室でリィはあらためて舌打ちしていた。

普段と変わらない口調であっても、ルウが静かに怒っているのがリィには手に取るようにわかった。

ああなると、あの相棒は一歩も引かない。

連邦の行動がどんなものであったにせよ、自分が解決しなければならないという意識が強く出ていて、リィが介入することも許さない雰囲気だった。

「じっと待ってるなんて柄《がら》じゃないってのに……」

文句を言いながらも、今は静観することにした。

相棒《ルーファ》を信じていたからだ。

それにしても、連邦が相棒に未練たらたらなのはよくわかるが、あれだけやられてまだ懲《こ》りないとはどうかしている。学習能力がないのかと呆れながら寝床に就いた。

その夜中のことだった。

突然鳴った端末の音にリィは眼を覚ました。

こんな時間に生徒の部屋同士の内線は通じない。

舎監が外線をつないだとしたら、よほどのことが起きたことになる。一瞬で跳ね起きて通信に出たが、画面に現れたのは予想外の顔だった。

「――夜中に悪いな。天使が部屋にいないんだが、どこへ行ったか知ってるか?」

ケリーの言葉にリィは肩の力を抜いた。

苦い顔で文句を言った。

「……脅かすなよ。ダイアナがつないだのか?」

「おう。寮の管理脳をたぶらかすくらい朝飯前だぜ。舎監を通すと話が面倒になるからな。で、おまえの相棒はどこへ行ったんだ?」

「聞いてない。また連邦が何かたくらんだみたいで、行って片づけてくるって言ってたけど……」

今度は苦い顔になったのはケリーのほうだった。

「遅かったか……。そいつは連邦じゃないんだ」

ボイドの一件でブラッグスは完全に取り乱した。

どう考えても黙っているわけにはいかなかった。

黒い天使本人に知らせる必要が絶対にあった。

あなたの存在と能力が外部に洩れましたと、至急連絡しなくてはならないのだが、とてもとてもその勇気は彼にはない。恐る恐る主席に相談してみたが、その主席にしても同じことだ。

進退窮《きわ》まった二人はケリーに泣きついたのである。

ケリーの話を聞いたリィも難しい顔になった。

「……ロン・ボイドという男はルーファがおまえを戻したことを知っていた。そこまでは確かとしても……本当に精神感応力で知ったのか？」

「そこが問題だ。天使の情報を手に入れるだけならあの現場にいた人間の一人をシェーカーに掛ければ事足りる。もちろん本人もそれと知らないうちにだ。——ただし、連邦要人にそんな真似をするのはそう楽じゃないがな」

「もう一つ、そのジオ・インダストリーって会社は本当に無関係なのか？」

「ああ。そいつも怪しくなってきた。記録によればジオ・インダストリーは去年、ウェルナー級戦艦を三隻購入してる。ただし、実際に利用された形跡はどこにもない。有り体《あ　てい》に言えば行方不明だ」

「あんな大きなものが行方不明？」

「でかいだけじゃない。動かすにはべらぼうな金と人手が掛かる代物だぞ」

何より単純な算数で、三引く一の答えは二。

まだ二隻残っているはずなのに管理記録もない。

普通ならこんなことはあり得ないのだが、恐らく社内でこれを購入したことを知っている人間は誰もいないのではないかとケリーは指摘した。

「……じゃあ、ルーファが連れて行かれたのはその会社の本拠地か？」

リィの疑問にケリーは首を振った。

「ジオ・インダストリーはクーアとは違う。本社は存在しない。軍需産業部門だけでも共和宇宙全域に拠点のある巨大企業だからな」

だから自分で調べるのが面倒で、ヴェラーレンに調査を任せたのだとケリーは言った。

リィはリィで、やはり相棒を一人で行かせたのは間違いだったかと悔やんだが、もう遅い。

こうなってしまってはできることは何もなかった。

腹を据えてぐっすり眠ることにした。

翌朝、まだ夜が明けない時間にリィは眼を覚まし、階下の通信室に向かった。

外線のつながるこの部屋は夜間は使えない。

朝五時から稼働を始める。そのため他寮の生徒とつきあっている生徒などは早朝にそっと忍び込んで、放課後の予定を密かに打ち合わせたりする。

そうすれば他の生徒に気づかれずにすむからだ。

しかし、こんな早い時間にはさすがに誰もいない。

リィは直ちにエクサス寮に連絡してレティシアを呼び出した——というより叩き起こした。

レティシアはくしゃくしゃに寝癖《ねぐせ》のついた頭髪に寝ぼけ眼という、元暗殺一族の腕利きとは思えない姿で端末画面に現れたのである。

あくびを噛《か》み殺しながらリィの話を聞いていたが、うんざりしたように言ったものだ。

「……何でそれをわざわざ知らせてくるんだよ？」

「おれなら絶対そうするからさ」

「ああ？　わかるように言えっての」

寝起きの相手に理解できるようにリィはゆっくり言葉を綴《つづ》った。

「売られた喧嘩だ。本当なら一人でやるところだが、その敵が予想外に手強くて一人でやるのは難しいと判断したら、おれなら面子《めんつ》は後回しだ。そいつらを片づけることを優先させる。今回そいつらが何より欲しがっているのは死んだ人間を蘇生《そせい》させる方法だ。消えて失《な》くなった身体を元に戻す奇跡の手段なんだ。それがわかっている以上、眼の前に餌をぶらさげてやればいい。この前ケリーがやったように、生きて戻った現物がここにいるってそいつらに教えてやる。そうすれば自動的にそいつらの関心はおまえに向き、そいつらの手先がおまえの前に現れることになる」

「…………」

「おまえがその連中を片づければ、敵の数が減って助かる、おまえがその連中に攫《さら》われてきてくれれば手が増えて助かる。どっちに転んでも損はしない。——おれなら迷わずおまえの名前を出す」

レティシアは毛先の跳ねている頭をがしがし掻きむしった。

「……人を勝手に餌に使うなよな」

「どうしてだ？　釣れる確率百パーセント、しかもぴっちぴちに生きのいい魅力的な生き餌じゃないか。こんな上物を使わない手はないぞ」

「だからそういうことをふんぞり返って言うなって。——けどよ。あいつが一人でやり損なう相手なんて、そうはいねえんじゃねえの？」

リィと互角の勝負を演じられる二人のうち一人がレティシアなら、もう一人がルウである。

人は見かけではわからないという典型で、あんなふやけた態度でも、強いという意味ではでたらめに強いとレティシアは思っている。

その上、あのふやけた黒い天使には戦闘に関して自分たちより圧倒的に有利な点が一つある。

それは心臓が止まっても死なないということだ。すぐに息を吹き返すのだ。

そうした利点の他にも、自分たちより遥かに長くこの世界で暮らしているだけに、頼りなく見えても抜け目はない。人間相手の駆け引きにも長けている。

だからレティシアにはわからなかった。

何故リィがこんなに思いつめた顔をしているのか、理解できなかったのだ。

「あんた、あいつのこととなるとたんに心配性になるみたいだが、何でだ？」

「別に心配しているわけじゃない」

即座に言い返してきたが、いつもの元気がない。

「ただなあ……、ルーファは油断も隙もないからな。ちょっと眼を離すともう何をしでかすか……」

猛獣が珍しくも吐息を洩らしながらそんなことを言うので、レティシアはおかしくなった。

「あんたが保護者かよ？」

からかうつもりの言葉だったのに、リィは何とも言えない顔で首を振った。

「おれの力であれを保護できれば苦労はしない」

レティシアは完全に吹き出した。いつでも堂々と輝いている金色の獣《けもの》が真顔で己の無力を嘆くのだ。

腹を抱えて大笑いしたいところだったが、それをやったら後が恐い。無理やり抑え込んだ。

「んじゃ、あいつはあんたの何？」

「安全装置だ。——とにかく変なのが寄ってきたら知らせてくれ」

「それとは別に、もう変なのが来たけどな」

ワトキンスのことを話すと、リィも驚いたように眼を見張った。

「へえ？　ジャスミンが完全に撒《ま》いたと思ったのに、あの建物までたどり着いたのか。根性あるな」

「ああ、俺も感心したぜ。——ヴァッツには俺から話しとくってことでいいか？」

「頼む」

7

用意されていたのは高速船だった。

通常の旅客船では一日に二度の跳躍がやっとだが、高速船は船の性能と乗組員の腕次第で距離を稼げる。

名前の通り速度と跳躍力を重視する乗り物であり、居住性や快適性は今ひとつなのだが、アーヴィンがルウを案内した船の客室はかなり様子が違った。

まるで豪華客船のような立派な内装だった。

「到着までこちらでお過ごしください」

無表情に言ってアーヴィンは部屋を出て行った。

どうせ部屋の外には出してもらえないはずなので開き直ってこの旅を楽しむことにした。

端末の書庫《ライブラリー》を検索してみると娯楽本だけでなく、専門書が入っていた。機械工学や生物学など分野も多岐に亘《わた》っている。

講義を休む分、片っ端から本を読んで過ごした。

ルウはサフノスクで宇宙船の構造を学んでいる上、実際に宇宙を飛んだ体験も長い。

再びアーヴィンが現れて到着しましたと言うまで約十七時間、その間に三度跳躍したと思った。

最低で三百光年、船の性能と操縦者の腕次第では五百光年以上を跳んだかもしれないと考えながら、昇降口から伸びた通路を伝って船を下りた。

そこは明らかに宇宙拠点《ステーション》だった。

いわゆるオアシスのように宇宙のただ中に浮かぶ拠点《ステーション》かと思いきや、窓の外に何かある。

手を伸ばせば摑めそうなほど近くに巨大な球体の姿がある。

その球体を包む陽光に輝く大気の層も見える。

してみると、この施設は惑星軌道上に設置された人工衛星らしい。それもかなりの大きさだ。

「ここ、どこ?」

前に立つアーヴィンに問いかけると、感情のない声が返ってきた。

「訊《き》かずともおわかりのはずです」

「わかるわけないでしょう。あなたと違って人間の思考なんか、今のぼくには読めないんだから」

アーヴィンは無言でルウを振り返った。

二人の足下は自動で動く通路だから、歩く必要はないのである。どんより濁った眼でルウを見つめてアーヴィンは言った。

「よくそんな状態に甘んじていられますね」

「普通に暮らす分には必要ない力だもの」

「まさか」

再び前方に顔を戻したアーヴィンの声が、初めてちょっと笑った。

「わたしも精神感応力者です。ですからわかります。力を封じられるのは健常者が眼と耳を塞《ふさ》がれるにも等しい著しい閉塞感《へいそくかん》があります」

これにはルウが驚いたように言った。

「そんなに精神感応力に依存してるの？」

「別におかしなことではありません。人間は進化の過程で野生動物の持つ感覚や能力を失った。それと同じ現象がわたしにも起きているだけです。視覚や聴覚と言った健常者の感覚は、わたしにはほとんど意味を成しません」

「それは生まれつき？　それとも意識して？」

「——自然にです。成長と同時に能力が強くなり、比例して視覚や聴覚は使わなくなりました」

「でも、ぼくの声は聞き取ってるよね？」

「音楽を聴く時のやり方を応用しています。通信で人と話す時もですが、感応力によって音波の振動を捕らえ、理解可能な信号に変換しています」

「普通に耳で聞いたほうが早いと思うけど……」

呆れながらもルウは厳しい顔だった。

本当に自然に使わなくなっただけなのか——。

もしかしたら『使えなく』なったのではないかと思ったが、口にはしなかった。

「――それで不自由はしないの？」

アーヴィンはその問いには答えなかった。

代わりにこう言った。

「ここは惑星グールーです」

「グールー？」

聞き覚えのない名前だった。

足下に見えた星はどう見ても居住可能型惑星だ。しかし、連邦大学惑星から数百光年範囲にそんな名前の国があっただろうかと首を捻《ひね》ったのである。

何度か通路を乗り換え、複数の区画《ブロック》を通り過ぎて、二人は見上げるほど大きな扉の前で止まった。

「ここから先はお一人でどうぞ」

ルウは無造作に中に入った。

そこは何もない、がらんとした部屋だった。

天井は見上げるほど高く、壁に向かって弧を描き、不揃《ふぞろ》いな太い柱が何本も聳《そび》え立っている。

これで薔薇窓《ばらまど》があれば聖堂のように見えただろう。

入って正面の部分には祭壇《さいだん》の代わりに、わずかに高くつくられた円形の壇のようなものがある。

と言っても、ほんの一歩で上に登れるほどだから、舞台にしては低すぎる。

しかし、ものを置くための台にしては広すぎる。

室内楽を演奏するための場所だろうかと思ったが、それにしては鍵盤楽器が置かれていない。

室内に人の気配はない。自分が今入ってきた扉の他には出入り口らしきものもない。

にもかかわらず変化が起きた。

円形の壇上部分に突然人影が現れたのだ。

全部で四人。皆、かなり高齢の老人だった。

その全員が豪奢《ごうしゃ》な衣裳に身を包み、立派な椅子に腰を下ろした姿で忽然《こつぜん》と出現したのである。

もちろん実体ではない。立体映像だ。

ルウは知らなかったが、ケリーが見たら、これはガイアが連邦議事堂に現れる時そっくりの演出だと言っただろう。

老人たちは、人も名乗ろうとはしなかった。

自分たちの前に立つルウの姿をじっくりと眺《なが》めて、満足そうに微笑み、唐突に話し掛けた。

「ようこそいらした。黒い天使」

「それとも、ルーファセルミィとお呼びしたほうがよいのかな」

「冗談はやめてくれる？」

ルウは顔をしかめた。

「それは一族の間で使われる呼び名なんだ。人間にその名前で呼ばれる覚えはないよ」

「ほ、これは失敬」

「では、ルーファス・ラヴィーとお呼びするかな」

「よく来てくれた。待ちかねておったぞ」

「さよう。やっとこうして生身のラー一族の一員を招くことができた。ありがたい限りじゃ」

ルウは素っ気なく言い返した。

「そっちはよくてもぼくはちっともありがたくない。――そもそも、あなたたちは誰？」

「我らが何者であるかは互いの相互理解を深めるにさして重要ではないと思うがな……」

「強いて名乗るとするなら、我らはこの共和宇宙の行く末を憂《うれ》えるものじゃ」

「うむ。今の連邦に任せておいたのでは、とんでもないことになるからの」

「我らが正しく修正してやらねばならん」

「もっとも、わしらは表に出るつもりはないのじゃ。あくまで陰から連邦を支え、自在に動かす。それで充分でもある」

ルウは早々に匙《さじ》を投げた。

その心情を言葉に直すとしたら、

（だめだ、こりゃ……）

というのがもっとも近かっただろう。

最初から話が通じる相手とは思っていなかったが、ここまで通じないのも予想外である。

相手の言葉を理解する努力をさっさと放棄して、ルウは自分の訊きたいことを尋ねることにした。

「ストリンガーって人は、あなたたちのお仲間？」

四人の老人は一斉に苦笑を浮かべた。

「奴は愚かな男じゃった」

「最後まで超常能力を理解しようとしなかった」

「まさしく。そなたも眼にしたアーヴィンのように人間の中にも超常能力者は存在する。たとえそれがラー一族には遠く及ばない微々たる力だとしてもだ。ところが……」

「奴は突然変異種など信用できんとぬかしおった。愚かな男じゃよ」

「しかし、我々はそれほど頑迷ではない」

老人たちが得々として語った自慢話を要約すると、彼らは自分たちこそが宇宙の支配者たらんと考える頭のいかれた団体さんの代表らしい。

老人たちがこんな言葉を使ったわけではない。

彼らは自分たちが信じる高邁《こうまい》な理念と、その結果誕生する（はずの）すばらしい世界とやらについて延々《えんえん》と語っていたが、取り繕った言葉を蹴飛ばして手っ取り早くまとめるとそういうことになる。

その会員にはストリンガーのような企業家もいる、軍需産業の重鎮もいる。そしてもちろん連邦内にも彼らの賛同者は大勢いる。

そこまで聞いたところで、まだ延々と続きそうな老人たちの演説をルウはうるさそうに遮《さえぎ》った。

「それで？　ぼくに何の用？」

「ほ……。これは話が早くて助かるわ」

「そっちの話が長すぎるんでしょう」

それでなくともお年寄りは話が長いのに、四人もいたんじゃまわりくどくっていけない——とルウが真顔で呟《つぶや》いていると、右から二番目に座った老人があらたまった口調で言ってきた。

「黒い天使。わしらは確かに人としては長く生きた。ここにいるもっとも若い者でも九十を超えている」

左から二番目も沈鬱《ちんうつ》なしわがれ声で言う。

「じゃがな、まだまだじゃ。はっきり言えばまるで足らんのじゃ」

今度は一番右端がおもむろに手を組んだ。

「さよう。人は我らを見て長生きをしたと言うかもしれんが、実際にこの年になってみるとよくわかる。たかだか百年に満たない短い生涯では何もできぬということがな」

一番左端ももったいぶった様子で頷《うなず》いている。

「我らは今、その無力感をひしひしと実感しておる。特に共和宇宙を抜本から変えるという大事の前には、時間はいくらあっても多すぎることはない」

そしてまた右から二番目に話し手が戻った。

「我らにはまだまだ、やり残したことが山ほどある。ぜひとも力を貸して欲しいのじゃ」

尋ねる前から答えはわかりきっていたが、ルウはあえてその質問をした。

「何をして欲しいって？」

「ストリンガーも望んだものだ。そなたがケリー・クーアに与えたものでもある」

「さよう。不老不死は人類永遠の夢だ。その奇跡をそなたは可能にしてくれた」

「ケリー・クーアの身体はまったく健康な成人男性そのものだったというのじゃから、驚くほかはない。ストリンガーはその奇跡を、クーアの科学力によるものだと信じていたようじゃがな……」

「いかなクーアでもそれはまだ不可能じゃろうて」

「どうだな、黒い天使。我らはぜひとも、我らにもその奇跡を起こして欲しいのじゃ」

「無理」

ルウは交渉も駆け引きもする気はなかった。

あっさり断言した。

「そんなことじゃないかと思ってた。あなたたちがそれを望むのもわかるけど、無理なものは無理」

この言い分を老人たちは鼻で笑った。

頭から信じていないのは明らかだった。

「いやいや、それは通らぬぞ、黒い天使」

「人間社会に関わってはならないというのであれば、ケリー・クーアの一件はどうなる？」

「あれは本当に運がよかっただけ。例外中の例外だ。

誰の心を覗《のぞ》かせて嗅《か》ぎつけたのか知らないけどね、自分たちに都合の悪いところだけ無視しないでよ」

「無視したわけではないぞ」

「さよう。我らはな、理解できなんだのじゃよ」

「うむ。まさしく。何故ケリー・クーアならばよく、他の人間ではだめなのか」

「納得できる理由を聞かせてもらわないことにはな。引き下がるわけにはいかんのじゃ」

立体映像の四人は熱心に身を乗り出した。

ここが正念場とでも思ったのだろう。並々ならぬ意気込みでルウを口説《くど》きに掛かったのである。

「わしらとケリー・クーアの何が違う？」

「我々もあの男と同様、共和宇宙を動かす要であり、我々の死はこの宇宙の大きな損失となるのだぞ」

「まさに。わしらは皆、死んではならぬ身の上じゃ。あの男のために融通を利かせたのであれば、我らのためにも同様の働きをしてくれるべきではないか」

「じゃあ、ひとつ質問するね」

にっこり笑ってルウは言った。

「あなたたちは今、無人島に孤立しているとする。外部と連絡を取れない状況で、一人が大怪我をして出血多量、意識不明の重体に陥《おちい》ったとする。助けるためには至急増血処置が必要だ。人工血液があれば問題ないけど、あいにく無人島にはその在庫《ストック》がない。仕方がないから原始的な輸血措置を取ることにする。幸いそのための道具はある。——はい、そこで問題。怪我人の血液型はABO式のA型、Rh式マイナス。他の人はみんなBプラス。この状況であなたたちはどうする？　輸血を決断する？」

立体映像の四人は揃って乾いた笑いを洩らした。

「黒い天使は冗談がお好きなようじゃの」

「冗談なんかじゃないよ。ぼくは真面目に訊いてる。答えてくれないかな。——輸血を敢行《かんこう》する？」

老人たちはますます笑って口々に言った。

「おやおや、困ったもんじゃ」

「それでは怪我人を殺すようなもんじゃろ」

「ABO式もRh式も異なる血液を輸血なぞすればたちまち拒否反応を起こす。回復するどころか死に至る恐れすらある。そのくらい幼稚園児でも知っておる常識じゃぞ」

ルウはその幼稚園児のように無邪気《むじゃき》に眼を見張り、ひどく子どもっぽい口調で言い返した。

「どうして？　そんなのおかしいじゃない。だって、みんな同じ人間なんでしょう。同じ身体に流れてる血液なのに何が違うっていうの。何でできないの？　輸血すれば助けられるってわかってるんだったら、誰の血でもいいから輸血すればいいじゃない」

口を尖《とが》らせて訴えたと思ったら瞬時に表情を変え、冷ややかな目つきで老人たちを眺め回した。

「何もわかってない子どもがこんなことを言ったら、大人ならなんて言うのかな？　それでも今は輸血はできないんだ、わかってくれって言い聞かせるしかないのかな」

「……………」

「あなたたちの言ってるのは要するにそういうこと。ケリー・クーアにはああいう手段が適用できたけど、他の人にはできない。やろうとしても絶対に不可能。――それだけのことだよ。ぼくにとってはいちいち説明するのも馬鹿馬鹿しいくらいの常識でもある。血液型が違う血液は輸血できないようにね」

冷笑を浮かべながら同情の口調で説明したものの、何を言っても無駄だとルウにはわかっていた。

今回求められているのは、ある事柄《ことがら》がトリックか、それともトリックではない本物なのかという種類の証明ではない。

もっと単純な、可能か不可能かという問題なのだ。それが可能だという証明をすることは容易《たやす》い。実際にやってみせればいい。

しかし、それは不可能だという証明をすることは至難の業だった。

なぜなら相手は盲目的に信じ込んでいる。最初から成功するはずと決めてかかっている。

たとえ九十九回試みて無惨《むざん》に失敗したとしても、百回目には成功するだろうと思っているし、成功を確信して疑っていないのである。

そんな実験を延々と繰り返すのは空《むな》しい限りだし、時間の無駄だった。ルウは敢《あ》えて挑発的に言った。

「だいたい、あなたたち、死者の蘇生法《そせいほう》と若返りをごっちゃにしてるじゃない。——あなたたちがまだ生きている人間だっていうんなら、その身体を若くすることなら可能だけど」

「何じゃと⁉」

老人の絶叫による四重唱など、耳にしてもあまり心地いいものではない。

「い、今！　何と言った⁉　何と言ったのだ‼」

「肉体を若くすることならできるって言ったんだよ。ケリーの奥さんのジャスミンがそうだもん。眠った時は三十四歳だったけど、ケリーに頼まれて五年分若くした。自分より年上の奥さんはいやなんだって言ってたけど、あの人がそんなことを気にするわけないからね。もしかしたら、もう一度、新婚気分を味わいたかっただけなのかもしれないね。ケリーと初めて会った時、ジャスミンは確か二十九歳だったはずだから」

ルウはおもしろそうに笑いながら話している。

そんなルウを前にして老人たちは絶句していた。

四人の老人が優《すぐ》れた頭脳を持っているのは間違いなかった。孫ほど年の離れた相手と話しているにも拘《かか》わらず、言葉のやり取りは至って明快で速やかで、老人特有の不自然な間が空くこともない。

こんな突拍子もないことを言い出されても、その頭脳は抜群の性能を発揮した。戸惑いも混乱もせず、言われた言葉を直ちに正確に理解した。

「……すばらしい」

「……信じられん。まさに奇跡だ……」

「まったくもって信じられんが、それが本当ならば……ぜひやってもらおう」

「おお、そうとも。今すぐにだ！」

　今にも躍り上がらんばかりの老人たちに向かって、黒い天使は無情に言った。

「誰がやるって言った？」

「…………」

「それができるのと、それをやるのとでは話が違う。全然別のことだ。ジャスミンは表向きは四十年前に死んだことになっている人だから問題はないけど、あなたたちはそうはいかないでしょ？」

「…………」

「じゃあ、つきあってられないからそろそろ帰るよ。後ろの扉を開けてくれる？」

　老人たちは陰険な顔つきで黙り込んでいた。

　左から二番目が呪うような声で言う。

「我らがこれほど丁重に頼んでいるというのに……どうあっても聞いてもらえぬか……」

　どこが丁重なんだろうと真面目に考えてしまうが、右から二番目が諦《あきら》めたように呟いた。

「となれば、致し方あるまい……」

　背後の扉が開いた。しかし、間違ってもこのまま帰そうという雰囲気ではなかった。

　扉が開くのを待ちかねていたように武器を抱えた男たちが駆け込んできた。
　十四、五人はいる。その統制された動きも入念な武装も単なる警備員とは到底思えなかった。
　この独特の雰囲気は明らかに厳しい訓練を受けた軍隊のもの——それも恐らくは精鋭の特殊部隊だ。

　全員が野戦用の迷彩服を着て、所属を示すものは何も身につけていない。そこまで一瞬で見て取ったルウはわざと眼を丸くして、悪戯《いたずら》っぽく尋ねた。

「驚いたなあ。どこの軍人さんが出張して来てるの。マース？　エストリア？　それとも連邦？」

　男たちは答えない。

　代わりに壇の上に並んだ老人たちが言った。

「丁重にお連れしろ」

「向こうで待っておるからな」

　四人分の立体映像が消える。

男たちが動いてルウを包囲した。

訓練通りに銃を構え、妙な動きをしようものなら即座に発砲する気配である。

彼らから見れば男か女かもわからない身体の細い青年だというのに、ずいぶんな警戒ぶりだった。

ルウも逆らわなかった。

銃口につつかれるようにして天井の高い部屋を出、言われたとおりの通路を進んだ。

区画《ブロック》を移動していくうちに、辺りは次第に研究施設の様相を呈してきた。

通路の分岐点にはAC1、D4など区画《ブロック》の名称を示す表示とともに、その区画《ブロック》が何を扱っているかが記されている。生物工学室、解剖室など、生物学に関する表記がほとんどだったが、その中に混ざって中央管制室を示す矢印があった。

ルウがおとなしくしていたのはそこまでだった。

ごく自然に手を伸ばして、左側にいた男の手から銃を奪い取った。

「な……⁉」

その動きをまったく感知できなかったことに男は仰天《ぎょうてん》した。何の気配も感じさせず、すうっと伸びた白い腕に反応できなかったのだ。あっと思った時は武器は彼の手を離れていたのである。

「貴様！」

男はすかさず腰の銃を抜いた。

他の男たちも血相を変えて標的を撃とうとしたが、ルウはもうそこにはいなかった。

「な――⁉」

男たちは一瞬、茫然とした。

この至近距離にいながら姿を消せるわけがない。

それこそ超常能力でも使わない限りはだ。

しかし、ルウはそんなものは使っていなかった。

男たちの視界に残像さえ残さず、彼らの頭上へと跳んでいたのである。

男たちがその動きに気づいた時には手遅れだった。

接近戦ではほんの一秒の遅れが命取りだ。ルウは壁を蹴って彼らの頭上を飛び越えながら、男たちに向かって文字通り銃弾の雨を降らせたのである。

どこの軍隊で誰の命令で動いているか知らないが、あんな頭のいかれた老人たちに荷担しているのだ。手加減してやる必要などない。

混乱に乗じてたちまち全員を片づけると、ルウは男たちから使えそうな武器を取り上げた。ご丁寧《ていねい》に爆薬まで持っていてくれたからありがたい。

銃を手に中央管制室を目指して走り出した。

すぐに戻ると相棒に約束した以上、ルウは時間を掛けるつもりはなかった。

あの老人たちの正体を探ろうとは思わなかったし、興味もなかった。

この施設ごと壊してしまえば済むことだからだ。

眼を離すと何をしでかすかわからないと、リィが心配したのはこういうことでもある。

ルウは黒い疾風と化して通路を走った。

外部からの侵入や占領に対する備えがないのか、さしたる邪魔も入らずに管制室のある区画《ブロック》に入る。

予想外の障害が現れたのは、管制室を目前にした通路に飛び込んだ時だった。

まっすぐ伸びた通路の先にある左手の扉が開き、若い女性がよろめくような足取りで出てきたのだ。

その女性は、遠目にもわかるくらい大きな腹部を覆《おお》う妊婦服を着ていた。

そして両手には無反動の光線銃を握っていた。

この相手の意外な姿にはさすがに眼を疑ったが、ふらふらした足取りの女性は通路に立ちはだかると、ルウに銃口を向けてきたのである。

さっきの訓練された男たちとはわけが違う。

恐ろしくぎこちない手つきだった。

明らかに素人《しろうと》の仕種《しぐさ》である。

呆気にとられながらも、ルウはこの人もアイダと同じように何か吹き込まれているのかと疑った。

この場合は自分が子どもの父親の敵《かたき》だとかだ。

ところが、両手でしっかりと狙いを定めながら、その女性は悲鳴を上げたのだ。

「逃げて‼」

見れば銃を握ったその手は激しく震えているし、膝《ひざ》もがくがく笑っている。

まっすぐ立っているのが不思議なくらいだ。

顔はもう涙でぐしゃぐしゃだ。

「て、手が——あたしの身体が！　勝手に動くの！　止められないのよ！　お願い！　逃げてえ！」

悲鳴と同時に立て続けに襲いかかって来た光弾を咄嗟《とっさ》に躱《かわ》しながら、ルウは絶句していた。

自分の身体が意に反して何者かに操られていると彼女は言うのである。

それが外科的手法によるものか、何らかの薬物の効果なのか、あるいは超常能力によるものなのかはわからなかった。とにかく銃を取り上げなければと思ったが、その前に女性の絶望的な悲鳴が響いた。

はっとして見れば、女性は右手に銃を持ち替えて、その右手は彼女自身の頭に狙いを定めていた。

「いやあああ！」

ルウは一瞬で距離を詰めたが、それでも遅すぎた。

本人が激しく拒絶したにもかかわらず、妊娠中の女性は自分の手で自分の頭を撃ちぬいていた。

即死である。

ルウは低く唸った。

それはまさしく呪いの声だった。

女性が出てきた部屋の中へ猛然と駆け込んだが、そこで二度、絶句した。

むっとするような動物の体臭が鼻をつく。

体育館のような広い室内には狼、虎、獅子《しし》。

他にも種類のわからない大型肉食獣が十数頭。

野生動物園さながらの光景だった。

それだけ種類の違う動物が、檻《おり》にも入れられずに一室に集められているのに、何故か争おうともせず、整然と並んでいるのである。

異常を感じたルウは咄嗟に足を引こうとしたが、背後で獰猛《どうもう》な唸り声が聞こえた。

扉の両脇に伏せていた巨大な虎が二頭、むくりと起きあがり、出口を塞ぐ形で襲いかかってきたのだ。

無論むざむざとその牙に掛かったりはしない。

飛び退いて部屋の中へ逃げた。

すると、それまでじっとしていた動物たちの眼がいっせいに動いた。駆け込んできた侵入者を捕らえ、揃って攻撃する体勢になった。

異様なまでに統制の取れたこの動きは間違いない。

さっきの女性と同じように何者かに操られている。

それだけではない。一目見てルウにはわかったが、そこにいた動物たちは全部、雌《めす》だった。

しかも、しかもだ。

すべての個体が妊娠している。

銃を握ったルウの身体が凍りついた。

これを攻撃することはできなかった。

それは自分には許されていないことだった。

足の止まった一瞬を予測していたように、室内に仕掛けられたレーザーの雨がルウに襲いかかった。

8

翌日、ジャスミンは再び真っ赤なスポーツカーで、アイクライン校を訪れた。

昨夜遅く、セントラルを訪問しているケリーから連絡を受けたからだ。

ルウに接触した者の正体は未だにわからない。

だが、その目的が黒い天使の特殊能力にあるなら、その力を自分たちの思い通りに使おうと考えるなら、間違いなくリィを押さえようとするはずだ。

だから眼を離すなとケリーは忠告してきたのだが、ジャスミンは呆れて言い返した。

「あんなものをどうやって確保するというんだ？」

「まさにそこが問題だ。俺はこれからベルトランに寄ってみる」

「何だと？　まさか……」

「念のためだ。アダムや三世の頭の中を覗《のぞ》いたなら、それが逆効果だってことを知ってるはずだからな。何事もなさそうだとわかったら俺もそっちに行く」

「わかった」

そんなやり取りを思い出しながら、ジャスミンは昨日と同じように門前に車を止めた。

そろそろ放課後である。

生徒たちが校舎から出てきたが、その中にやはりジャスミンを見てぎょっとする生徒がいる。

自分を見る人が驚くことには慣れているものの、それとは様子が違う。アイクライン校には中等部と高等部があるが、おかしな具合にのけぞるのは孫《ジェームス》と同じくらいの中等部の生徒たちだ。

しかも、その子たちはジャスミンを遠巻きにして、何やらひそひそと囁《ささや》いているのである。

子ども相手に大人げない真似はすまいと思ってもさすがに気持ちのいいものではなかった。

リィはどうも本当のことを言わないようなので、後でシェラを捕まえて訊《き》いてみようと思っていると見知らぬ男が近づいてきた。

「失礼ですが、ジャスミン・クーアさんですか？」

「——そうだが、そちらは？」

「トム・ワトキンスという者です」

「ああ……あなたが。お名前は聞いています」

「ヴィッキーからですか？　それでしたら話が早い。恐れ入りますが、少しおつきあい願えませんか？」

「わたしに？」

「はい」

「しかし、あの子たちを待っているのだが……」

「お時間は取らせません。すぐ、ほんのそこまでで結構ですから。どうかお願いします」

男は必死の形相だった。断ろうものならその場に手をつきかねない勢いだ。面倒だったのは確かだが、ジャスミンが立っているのは校門である。

そこで騒ぎを起こしてもまずいと思って（彼女の存在自体が既に充分眼を引いているのだが、それは考えないらしい）ジャスミンは車を自動運転にして駐車場に向かわせ、ワトキンスに従って歩き出した。

ワトキンスがジャスミンを案内したのは学校からほど近い喫茶店だった。

煉瓦《れんが》張りの建物の二階にある、ひっそりと隠れた店舗で、出入り口には本物の戸板を使っている。

学生街の真ん中にあるにも拘《かか》わらず、子どもには入りにくい雰囲気だった。入ってみると奥に細長く、左側には一面色のついた窓硝子《まどがらす》が張られている。

昨日今日の店ではないのだろう。内装も古典的《クラシック》な年季の入ったものだった。店内には既に染みついた香ばしい匂いが漂っている。

この雰囲気と香りからすると、なかなか本格的な珈琲《コーヒー》を淹《い》れてくれる店らしい。その予想を裏付けるように、店内に若者の姿は一人も見あたらなかった。

別々に机についている男性客が二人いるだけだ。

カウンターの中から意外に若い店主が二人を見て

「いらっしゃい」と声を掛けてくる。

ワトキンスは入口を背にして座り、ジャスミンも向かい合って腰を下ろした。

数ある銘柄《めいがら》の中から一つを選んで頼むと、すぐに店主自ら二人分の珈琲を運んできてくれる。

ジャスミンはそれには口を付けようとせずに話を促した。

「お話を伺《うかが》いましょう」

「いえ、まず、どうぞ召し上がってください」

ジャスミンが珈琲茶碗を口に運ぶのを待ってから、ワトキンスはあらためて自分の立場と考えを説明し、リィがいかにすばらしい素質を持っているかということを熱心に訴えたのである。

「あの子は必ず成功します。こういうことに絶対はありえませんが、彼は華やかな世界で生きることを運命づけられた——選ばれた人間なんです。それはもう間違いないことなんですが、残念ながらいくら言っても彼にはわかってもらえないようでして……、そこでお願いなんですが、ぜひあなたからも勧めていただけませんか？」

ジャスミンはちょっと首を傾げた。

「解せませんな。なぜそれをわたしに言うんです？　わたしはあの子の保護者でも何でもないのに」

ワトキンスはごくりと息を飲んで、気まずそうに眼をそらしたが、意を決してジャスミンを見た。

「それは、あの……驚かずに聞いて欲しいのですが、ヴィッキーがあなたを慕《した》っているからです」

「ほう？」

驚くどころかジャスミンはおもしろそうに灰色の眼を見張った。

逆にワトキンスは冷や汗を搔いている。

「ヴィッキーは友達にはっきりそう言ったそうです。つまりその……好きな子はいないのかと尋ねられて即座に答えたのがあなたの名前だったというのです。とは言いましても、十三歳の少年の言うことですし、あなたはご結婚もされていらっしゃいますから……

具体的な交際を望んでいるわけではないでしょうが、彼が女性としてのあなたに憧れを抱いていることは間違いないんです」

ジャスミンは大いに納得して頷《うなず》いた。

「なるほど。それで生徒たちのあの態度か……」

「アイクライン中学一年生の間では、ヴィッキーの『密かな片思いの相手』はかなり有名ですから」

「いやはや、それは残念だ。わたしの好みとしてはせめてあと十五年は育ってもらわないと。あまりに小さすぎて食指が動きません」

これはジャスミンの冗談だが、あんまり真面目な口調で言ったのでワトキンスは面食らったらしい。

「失礼ですが……ミズ。あなたはそもそも、彼とはどういう関係の方ですか？」

「その質問が今頃出てくるのもどうかと思いますが、答えは簡単です。——友人ですよ」

「あなたが、ヴィッキーの？」

「はい」

年は二十歳も離れているが、掛け値なしに本当のことだった。

「だからあなたが知らないことも多少はわかります。あの少年は人の言葉に左右されるようなことはない。本人がやらないと断言している以上、わたしが何を言っても考えを変えたりしないでしょう」

「いや、しかし……」

身を乗り出したワトキンスをやんわりと制して、ジャスミンは続けた。

「同時にあなたの気持ちも多少はわかるつもりです。わたしの友人にも芸能界で生きる人間がいますから、あの世界で成功するのは非常に難しいということも、あの少年なら間違いなくその数少ない一人となって光り輝くだろうということもです」

実際それはリィを一目見ればわかることだ。

「それでも、本人がそれを望んでいないのですから、いくら地団駄《じだんだ》踏んだところで仕方がない。あなたの言う『片思い』にしてもそうです。それを尋ねれば、彼はきっと「もちろんおれはジャスミンが大好きに決まってる」くらいのことは平然と言うでしょう。お気の毒ですが、無駄な努力というものです」

喉《のど》の奥で笑いながら話すジャスミンとは対照的にワトキンスはひたすら戸惑っている。

この時、ジャスミンの後ろに座っていた男性客が立ち上がり、「ごちそうさん」と店主に声を掛けて出口へ向かった。

そうなれば位置関係からして当然、その男性客はジャスミンの横の通路を通ることになる。

しかし、その男性客が自分の横を通り過ぎるのをジャスミンは許さなかった。

赤い髪をさっと翻《ひるがえ》し、鋭い声で詰問した。

「何の真似だ?」

言った時には座ったジャスミンの左手は男性客の右手をしっかと摑んでいる。

男性客の手にあったのは圧力式の注射器だった。皮膚《ひふ》に押し当てるだけで薬剤を注入できるものだ。

その中身が何かを知るためにジャスミンは一瞬も迷ったりしなかった。左手一本で注射器を取り上げ、男性客の手の甲に無造作に打ち込んだ。

あっという間の出来事だった。

一拍遅れて男性客が悲鳴を上げる。

左手で右手を押さえながら飛び離れたが、それは生命に関わる種類の悲鳴ではなかった。

単に失敗を恨む声だ。

「麻酔薬のようだな。わたしを眠らせようとしたか。——動くな」

その時にはジャスミンの右手は既に懐《ふところ》から銃を抜いている。

その銃口も声もカウンターに向いている。

カウンターの中では物騒な代物にぴたりと狙いを定められた店主が真っ青な顔で立ちつくしている。

「お、お客さま……。いったい何を……?」

引きつった問いをジャスミンは鼻で笑い飛ばした。

「店内にこれだけ上等の香りを漂わせていながら、

出てきた珈琲が出来合いとは少々情けないぞ、店主《あるじ》。おまけに得体の知れない薬入りとあっては、とても代金を払う気にはなれないな」

腰を下ろしたまま、ジャスミンは眼の前で愕然《がくぜん》としている相手に眼を移して、厳しい口調で言った。

「これはあなたの膳立《ぜんだ》てか、ミスタ・ワトキンス」

「な！　何を言うんです！」

「この珈琲を飲んだのにどうして何ともないのかと不思議がっていただろう？　あいにく、飲むふりをしただけだ。あまりにまずそうな珈琲だったんでな。違うというなら今ここで飲んでみせてもらおうか」

左手で無造作に冷めてしまった珈琲を押しやると、ワトキンスは顔を強ばらせて大きく喘《あえ》いだ。

「ち、違います、ミズ。信じてください。あなたに危害を加える気などなかったんです……！」

「では何をするつもりだった？」

その時だ。店内にいたもう一人の男性客が不穏な気配とともに身動きした。

この客もジャスミンの背後に座っていた。

密かに銃を取りだしてジャスミンの背中に狙いを定めたが、そんな奇襲が通じるわけがない。

ジャスミンは死角にいた男性客を振り返りもせず一発で倒すと、何事もなかったようにカウンターに銃口を戻した。

この喫茶店全体が自分を捕らえるための罠として仕立てられたものだとしたら、その中にいた人間が無関係のはずはないのだ。

店主の喉から二重の意味で悲鳴が洩れた。

男性客が死んだという恐怖と、自分も同じように殺されるという恐怖心に満ちた悲鳴だった。

それを察してジャスミンは言った。

「心配するな。殺してはいない」

しかし、ここで予想外のことが起きた。

窓の外から狙撃されたのである。

窓硝子が割れる直前、ジャスミンは驚異的な反射神経を発揮して床に伏せたが、それはジャスミンを狙った一撃ではなかった。

そもそも実弾でもなかった。

眩《まぶ》しいばかりの閃光が室内にあふれかえった。

(閃光弾⁉)

殺傷能力はないが、動きを封じるには効果的だ。

咄嗟《とっさ》にきつく眼を閉じたジャスミンは慌ただしく走り去る足音を聞きつけた。

位置から判断して間違いなくワトキンスの足音だ。

この状況でも動けるからには最初から偏光眼鏡《へんこうグラス》を用意していたのだろう。

気配でそれを察したジャスミンは痛烈な舌打ちを洩らした。

後を追おうにも、下手《へた》に動けば窓から狙撃される。

閃光が収まる前に壁に張りつき、眼が開けられる状態になってから窓の外を窺《うかが》った。

今の弾道からして、撃ってきたのは通りを挟んだ向かいの建物からに間違いない。

気配を探ってみたが、人がいる様子はなかった。

閃光弾を撃ち込むと同時に逃げたらしい。

あらためて店内に眼を戻すと、男性客二人は床に倒れていた。一人は自分が持参した麻酔薬によって、もう一人はジャスミンに撃たれてだ。

カウンターの奥を見れば若い店主が腰を抜かして、頭を抱え込んでいる。これは明らかに素人《しろうと》らしいが、ジャスミンは容赦《ようしゃ》しなかった。

「詳しい話を聞かせてもらおうか」

引きずり立たせて銃を突きつけると、若い店主は蒼白な顔で必死に首を振った。

「ぼ、ぼくは関係ありませんよ！　役者なんです！　撮影だって言われてさっき来たところなんです！」

ジャスミンは片方の眉《まゆ》を跳ね上げたが、それでも追及の手は緩めなかった。

「珈琲の中に薬を入れるのも撮影のうちか？」

「本当に知らないんですよ！　あれだって前もって用意されてたんです！　注文があったら女の人にはこっちを出すようにって言われて！　そのとおりに

したたけなんです！」
「身分証を見せろ」
　がたがた震えながら差し出した身分証を見る限り、
男の話は本当のようだった。
　ジャスミンは舌打ちして男の前掛けをはぎ取ると、
それを使って男を後ろ手に縛り上げたのである。
「ちょっと！　何するんですか！」
「警察が来たら事情を説明して解いてもらうんだな。
わたしは急いでいる」
「そんな！」
「諦《あきら》めろ。事情を説明する人間が一人はいないと、
警察も困るだろう」
「それはあなたがしてくださいよ！　狙われたのは
あなたでしょう⁉」
「と言われても、狙われた理由を警察に訊かれたら
答えようがないのでな」
　ジャスミンは無情に言って、後ろ手に縛った男の
身体を腰掛けの脚に括りつけた。

　それから警察に通報して店を出た。
　階下の衣料店に立ち寄って二階のことを尋ねると、
開業して二十年になる本物の喫茶店だという。
「ですけど……今日はお休みですよ？　この二十年
ずっと毎週火曜は定休日なんです」
　つまりそれを知っている常連客は決して火曜には
来ないわけだ。
「ありがとう」
　ジャスミンは激情を抑えて唸るように礼を言うと、
猛然とアイクライン校に駆け戻った。車を呼ぶより
自分の足で走ったほうが速かったからそうしたが、
仰天《ぎょうてん》したのが彼女と行き会った人々だ。
　まさに絶句して、真っ赤な髪を大きくなびかせて
風のように走り去る人を見送るはめになった。
「ヴィッキー・ヴァレンタインは下校したか？」
　間違っても受付に問い合わせる口調ではない。
　部下に対する将校の詰問さながらの剣幕だったが、
受付嬢は怯《ひる》みながらも律儀《りちぎ》に調べてくれた。

「……まだ校内ですが、呼び出しますか？」

その必要はなかった。

ちょうどリィとシェラが階段を下りてきたからだ。

ジャスミンは二人に駆け寄って先程の一件を話し、憤慨《ふんがい》も露《あら》わにワトキンスを非難したのである。

「即刻学校側に話して逮捕させるべきだ。どういうつもりであんな真似をしたのか知らんが、あれでは既に犯罪だぞ！」

しかし、リィはきょとんとした顔になった。

「……ワトキンス氏ならまだ上にいるけど？」

「何だと⁉」

シェラも急いで言った。

「今日はセラフィナの補習授業があるそうですから、付き添っていますよ。間違いありません」

ジャスミンの表情が一気に険しくなる。

「それは身長百八十、体重およそ七十キロ、栗毛に青い眼のなかなかの色男のワトキンス氏か？」

今度はリィが驚く番だった。

「おれの知っているワトキンス氏は丈《たけ》はともかく、目方《めかた》は九十キロ以下ってことはない大きな人だぞ」

「眼と髪の色も合ってますが、失礼ながら色男とは言いがたい人でもあります」

三人は昇降口で愕然と互いの顔を見つめ合った。

ジャスミンが慎重に言う。

「つまり、あれはワトキンス氏の偽者か……？」

リィは納得できない様子で首を捻《ひね》っている。

「その偽者がジャスミンを捕まえようとした？」

「ああ。しかし、向かいの建物の狙撃手は別として、偽ワトキンスを含めてたった三人でどうするつもりだったのかと言いたいな。それっぽっちの用意では人ひとりを確実に押さえるには心許なさすぎるぞ」

シェラが呆れて言い返した。

「それは、あなたならそうでしょうけど……」

「女の人ひとりを相手にずいぶん大げさな支度だぞ。普通ならそれでも多すぎるくらいじゃないのか？」

リィも疑問の口調で言ったが、急に顔色を変えた。

「……しまった！」

小さく叫んで廊下を走り出した。

シェラがすかさず後に続いた。ジャスミンもだ。

リィが駆け込んだのは通信室だった。エクサス寮、チェーサー高校、セム大学と片っ端から連絡して、セム大学の研究室にいたレティシアを捕まえた。

話を聞いてレティシアも顔色を変えた。

彼の前に現れた『ワトキンス氏』も、なかなかの色男だったからだ。

「やっべえ。それじゃあ、あれも偽者かよ……？」

「そいつに何をしゃべった？」

リィの口調はまさに唸るようだった。

戦闘態勢に入った獣《けもの》を刺激するほどレティシアは愚かではなかった。端的に答えた。

「あんたはどんな女が好みなのかって訊かれたから、でっかい姐《ねえ》さんと昨日の彼女の話をした」

それが昨日のことだ。

そして今日、既にこの騒ぎである。


通信画面のレティシアを含めて、四人はすかさず緊急会議を開いた。

リィが硬い顔で言う。

「ベティはそろそろプラティスに着く頃だ」

ジャスミンが冷静に指摘する。

「誰か傍《そば》につけたほうがいい」

シェラが困惑の様子で銀色の頭を傾げる。

「ですけど……誰がなんの目的でこんな……？」

画面の中でレティシアが答えた。

「そりゃあ王妃さんの相棒絡みに決まってる。あの偽者野郎は人の頭の中は読めないだろうが……」

「同感だ。わたしがあの珈琲を飲まなかったことに気づかなかったんだからな」

「そうともよ。俺がでっかい姐さんはめちゃめちゃ強いってちゃんと教えてやったのに、たった三人で取り押さえようとしたんだからな。常識的に考えてどんなにでかくても強くってもたかが女、眠り薬も用意したし、舞台の外に狙撃手も置いたし、あとは大の男が三人もいれば充分だって判断したんだろう。俺はそんな大甘《おおあま》なことはちらっとも考えなかったぜ。あの偽者が俺の頭を正確に読んでたら、少なくとも一個中隊は用意していったはずだ」

死神にここまで断言されてしまう人妻も珍しい。

「だけど、読める奴が偽者の仲間にいるのは確かだ。特に本物のワトキンスが王妃さんについて思ってる感情やなんかを全部知ってた。でなきゃあそこまで本物らしくはふるまえねえだろうよ」

「わたしもそれで騙された」

ジャスミンも頷いてリィに眼を移した。

「あの黒い天使の弱点はきみだ。彼らはそのきみの弱点を押さえようとしたんだろう」

「それは違う。弱点なんかじゃないけど……」

反論しようとして、リィはふと顔を上げた。

何かに呼ばれたような気がしたのだ。

ほんの一瞬、確かに小さなさざ波のようなものが身体の中を駆け抜けていった。


（ルーファ……？）

呼びかけてみたが、何も返ってこない。

口をつぐんだリィを訝《いぶか》しげに見て、ジャスミンは話を戻した。

「とにかく、ベティのことを考えなくては。彼女を一人にしておくのは危険すぎる」

「そうだな。おれのせいで迷惑は掛けられない」

まだ通信のつながっていたレティシアに向かってリィは厳しい表情で言った。

「偽者に誘導されたとは言え、おまえが話したんだ。責任取ってプラティスに行ってもらうからな」

「ちょっと待てよ、王妃さん」

レティシアも珍しく真顔だった。

「あんたの相棒はどこにいる？」

今もっとも訊かれたくないことだったが、リィは動揺を押し隠して答えた。

「わからない」

「無事なのか？」

「それも、わからない」

「じゃあプラティスには行りねえな。俺はあんたにつく」

「……どういう意味だ？」

「あんたの相棒が無事に戻ってくるなら問題ないが、あいつがとっつかまって、その上あんたまで敵方に押さえられたら勝てる喧嘩《けんか》も勝てなくなるだろうが。だからあんたにつくって言ってるのさ」

シェラが厳しい顔で尋ねた。

「ルウがその連中の手に落ちるかもしれないと何故言いきれる？」

「そんなことは言ってねえよ。あいつとつながっているのは王妃さんであって俺じゃない。王妃さんにわからないものが何で俺にわかる？　けどよ、この状況で戦力を分断するのは得策とは言えないぜ」

「その意見に賛成だ」

ジャスミンが頷いた。

「敵は死者を生き返らせる方法を欲しがっている。それはルウが知っている。そのルウを動かすためにリィが必要なら、そのリィを動かすためにわたしを利用しようとしたと。そういうことだろう」

「敗因は少々あなたを甘く見すぎたことですね」

シェラが感心したように言い、リィも同意した。

「ルーファが戻ってくるまでベティを一人にはしておけない。誰か信用できる人間に守らせないと」

ジャスミンが提案した。

「民間の警備会社から何人か派遣するか？」

実際この状況ではそれしかないと思われるのだが、リィは難しい顔になった。

「だけど、ベティは十四歳の女の子だぞ。ごっつい護衛に囲まれたりしたら目立って仕方がないだろう。ベティ自身も気まずいだろうし、だからレティーに行ってほしかったんだが……」

そのレティシアが断言した。

「心配すんな。こっちで適任者を回す」

ロンドロン星系第三惑星プラティスは、共和宇宙きっての学術の惑星である。

連邦大学が純粋に学問を学ぶ惑星であるのに対し、プラティスは絵画、音楽、舞踊、演劇などの技芸と、それらに関する理論を極めるための場所だった。

芸術というものはそれを鑑賞する人がいなくては成立しないものだから、学んだ技芸を実践的に発表する場もふんだんに設けられている。

隣のユリウスほど余興《エンターティメント》に徹してはいないが、だが、ベティは今回、在籍する学校の発表会も真剣である。成績につながるだけにどの発表会も真剣である。

〔sic〕

なく、社会人の舞台に出演することになっていた。

これはプラティスではよくあることだった。

学生だけでは、演じていても上達に限りがあるし、大人だけで成り立たない演目はいくらでもある。

とは言え、中学生が社会人の公演に出演するのは大抜擢《だいばってき》には違いない。

それだけにベティがこの舞台に掛ける意気込みは大変なものだった。

プラティスで二番目に大きな都市、キンバリーにベティの通う稽古場《けいこば》がある。

キンバリーは古い歴史を誇る町だった。

重厚な石造りの町並みは、ほんの五十キロ離れたところに近代的な宇宙港があるとはとても思えない。

築数百年という建物が今でもたくさん残っている、情緒あふれる佇《たたず》まいだった。

その風情を愛して訪れる観光客も多い。

街の中心には美しい広場があり、棹立ちになった一角獣の姿が勇ましい大きな噴水がある。

ヴァンツァー・ファロットは見るからに不機嫌な顔つきでその待ち合わせ場所に現れた。

既にエマ小母さんが待っていて、ヴァンツァーを見ると驚いたように声を掛けてきた。

「あなたが連絡のあった人？」

「そうだ」

「なるほどね……」

一人でそっと呟《つぶや》いた小母さんだった。

何しろ長年の友人はこの相手の写真も送らずに、

「街の女が一人残らず眼の色を変えて振り返って、ドミノ倒《だお》しに腰を抜かすのは間違いない美少年」

という身も蓋《ふた》もない人物評価だけを寄越したのだ。

しかし、実際に会ってみれば実に的確な表現だと、あらためて納得した。

人を寄せ付けない冷ややかな雰囲気の少年だが、皮肉なことにそれがなおさら人目を惹《ひ》きつけている。

現に噴水の傍を通る女性たちは老若を問わず足を止めて、その美貌《びぼう》にうっとりと見入っている。

「あたしはエマ・ベイトン。遠いところをわざわざごめんなさいね」

「能書きはいい。さっさと案内してもらおうか」

その表情も言葉遣いも無礼なくらい素っ気ないが、小母さんは気分を害したりしなかった。

先に立って歩き出した。

広場から大通りへ入り、さらに奥へ進んでいくと、曲がりくねった道はどんどん細くなっていった。

人が二人並んで歩くのがやっとのような細い道の両側には石の壁がそびえ立っている。

実際に人が住んでいるから、もし上の窓から何か落ちてきたら避けようがない。

そのくらい密集した建物の一つにエマ小母さんは入っていった。

外見はやはり年季の入った石造りで入口も狭いが、入る時に認証が必要な建物だ。

中に入ると打ってかわって開放的な空間が開けた。

階段も廊下も広く、天井も高くつくられている。

稽古場はその二階にあった。

扉を開けると、奥にもう一枚、扉があった。

防音効果を狙ったものだろう。二枚目をくぐるとうるさいくらいの人の声と熱気が二人を出迎えた。

稽古場にしては予想外に広々とした空間だった。

住宅《フラット》を三つ分くらいぶち抜いた感じである。

顔なじみの来訪者を見て、稽古中だった若い男が笑顔で近づいてきた。

「いらっしゃい、ベイトンさん。――こちらは?」

「ベティ・マーティンに会いに来た」

すると、その男は何故か困った顔になったので、ヴァンツァーはぶっきらぼうに言った。

「いないのなら出直す」

「いや、いるよ。ベティならいるんだけど……もうかなり入《はい》っちゃってるから話ができるかどうか」

首を傾げたヴァンツァーだった。ベティがどこに『入っている』というのか理解できなかったのだが、面倒くさそうに言った。

「かまわん。いるなら会わせてもらおう」

男は肩をすくめて稽古場の奥まで行き、鏡の前で一人で練習していた少女に何か話し掛けた。

訝しげに振り返った少女の視線がヴァンツァーの眼の中に飛び込んでくる。

ぴんと背筋を伸ばして歩いてくる少女は髪を束ね、身体にぴったりした稽古着《レオタード》を着ていた。

その稽古着も顔も汗にびっしょり濡れている。

自分の顔を見つめる少女の眼差しに妙な違和感を感じながらヴァンツァーは訊いた。

「ベティ・マーティンか?」

「いいえ」

昂然《こうぜん》と頭を上げてベティは答えた。

「わたしはフレイアよ。――あなたはどなた?」

ヴァンツァーの表情が初めて変化した。

珍しいものを見るようにベティの顔を凝視した。

ベティはその視線に怯むことなくヴァンツァーを見つめ返していた。

彼の美貌を目の当たりにして何の感動も覚えない少女はまずいない。狼狽《うろた》えるなり顔を赤らめるなり眼の色を変えるなり、必ず何らかの反応を示す。

普段のベティならその例に洩れない。

大いに焦《あせ》り、慌てふためいてしどろもどろになり、まともに言葉も交わせないはずだが、今のベティはリィとレティシアの試合に度肝を抜かれて青ざめた少女ではなかった。

落ちついた眼差しでヴァンツァーを静かに見つめ、威厳さえ感じさせる声で二度言った。

「どなた？」

「ヴァンツァー・ファロット。レティシアの知人だ。奴に頼まれておまえを護衛しに来た」

ベティは表情を変えなかった。ただ訝しむような、ゆっくりした口調で質問した。

「なぜ？」

「おまえの身に危険が迫る恐れがある。王妃が——ヴィッキー・ヴァレンタインがそう判断した」

ベティは少し沈黙したが、すぐに頷いてにっこり微笑んだ。

「そう、ヴィッキーのお友達なら喜んで歓迎するわ。——来てくれてありがとう」

その口調も表情も、間違ってもいつものベティのものではない。

不思議な貫禄《かんろく》を漂わせ、自分のほうが目上として

ものを言っている。ヴァンツァーを見る眼も目下の相手の働きを優しく労《いたわ》るようなものであり、リィの名前を聞いたことで、見知らぬ相手に対する警戒を解いて親しむ口ぶりになっている。

違和感の正体はそこにあった。

間違いなくヴァンツァーを見ていながら、正しく認識しているとは思えない様子なのだ。

エマ小母さんがそんなベティに話し掛けた。

「稽古が終わったら一緒にご飯を食べましょうよ。外で待ってるわ」

「ええ」

ベティが頷いた時だ。

稽古中の役者とは少し感じの違う男が扉を開けて入って来た。見るからに事務畑の人間だ。

今も歩きながら真剣な表情で入場券の売れ行きを調べていたが、エマ小母さんとヴァンツァーを見て、露骨《ろこつ》に顔をしかめた。

「またあなたですか。困りますよ。関係のない方は

出て行ってください。これから通し稽古なんです」

「ああら！　関係ないなんてひどいわ！　あたしはベティがこーんな小さい時から応援してるのよ！」

「とにかく今はだめです。素人の方にいられるのは困るんですよ。さあ、早く出て行ってください」

追い出されてしまったエマ小母さんは閉ざされた扉を見て、ひとしきり憤慨した。

「何よあれ！　失礼しちゃうわね」

「まったくだ」

ヴァンツァーも言ったが、これは少々意味が違う。

「傍にいられなくては護衛どころではないんだがな。――この建物は安全か？」

「見た目は年代物だけど防犯《セキュリティ》はちゃんとしてるわ。部外者は入れないようになってるのよ」

「あんたはどうなんだ。部外者だろう？」

「あたしは何度も見学に来てるから、顔が利くのよ。今は追い出されちゃったけど」

悔しそうに言いながら小母さんは笑っている。

「公演にはああいう人も必要なのよ。芝居のことはわからなくても、お金のやりくりに長けた人がね」

「確かにな」

ヴァンツァーは真顔で頷いた。

「あんたを素人呼ばわりするくらいだ。芸の嗜《たしな》みはまるでないらしい」

「あら？」

小母さんはおもしろそうに眼を見張ったが、急に訝しげな表情を浮かべた。

「ね、話してちょうだい。いったい何があったの？　あたしの友達はあなたをベティの護衛に寄越すって言っただけなのよ」

「俺も知らん。王妃の――ヴィッキーの相棒が何か関係していることらしいがな」

小母さんは初めて本当に顔色を変えた。

「ルウがどうかしたの？」

「知り合いか？」

「もちろん。古い友人よ。ルウに何かあったの？」

「何があったかわからないから王妃も困っている」

ヴァンツァーは建物内部の探索に取りかかった。

非常口を確認し、屋上から周囲の建物に眼をやり、他の階を全部見て回ってから二階に戻ってきた。

小母さんはその間、稽古場の扉が見える長椅子に腰を下ろして待っていたが、ヴァンツァーのために座っていた位置をずらして場所を空けてやった。

ヴァンツァーは礼も言わずに長椅子の端に座り、持参した端末を起動させたのである。

ここで何か作業を始めるつもりのようだったが、小母さんは遠慮しなかった。無邪気《むじゃき》に尋ねた。

「あたしのことは何か聞いてる?」

「一角獣の噴水の前で、エマ・ベイトンという女が待っていると言われてきた」

「それだけ?」

「ああ、それだけだ」

端末が稼働するまでには少し時間が掛かるので、小母さんはさらに質問した。

「どうしてベティの護衛を引き受けたの?」

「言わなかったか? レティーに頼まれたからだ」

「だから、なぜ引き受けてきたの? あなたの顔を見る限り、喜んで来たようにはとても見えないわ」

「当たり前だ」

実際、ヴァンツァーの表情はこれ以上ないくらい苦いものだった。思い出すだけでも腹立たしいのか、端末を握る手に力が籠《こ》もる。

「ここで片づけられる論文や課題はともかくとして、受講予定を大幅に変更する羽目になったんだぞ」

「それでも結局引き受けてやって来たわけでしょう。レティシアとヴィッキーはあなたにとってそんなに大切なお友達なの? それとも仲間なの?」

ヴァンツァーの手が止まった。

空《くう》を見つめて真面目に考えた後、首を振った。

「それはいささか見当違いの質問だな」

「そう?」

「そうだ。レティーは間違っても友人などではない。

王妃にしてもお世辞にも仲間とは言えないが……」

端麗《たんれい》な顔に初めてうっすらと微笑が浮かんだ。

「厄介《やっかい》なことに運命共同体であることには違いない。一人が倒れたら俺たちは共倒れになる。自分だけは関係ない場所に逃れるわけにはいかん」

「あら、だったらそれは普通、堅い絆《きずな》で結びついた一団《チーム》と言うんじゃないの?」

間違ってはいないかもしれないが、どうにも首を傾げたくなる言い分である。

端末に眼を落としてヴァンツァーは言った。

「俺は仕事をする。あの女がここから出てくるまで声を掛けるな」

「わかったわ。邪魔はしない。だけどその前に一つ教えてちょうだい。あなたもお芝居をするの?」

「いいや」

「ほんとに?」

からかうようなエマ小母さんの口調だった。

「やったことがないのに、素人とそうじゃない人を見分けられるなんておかしいじゃない」

ヴァンツァーは——彼には極めて珍しいことだが、やはりからかうような色を眼に浮かべて中年女性の小母さんの顔を見た。

エマ・ベイトンは間違っても十代の少年が熱心に見つめる相手ではない。年齢とともに衰えた容貌を派手な化粧と服装で補おうとして却って印象を悪くしているという典型的な『おばさん』だ。

それなのに、厚化粧の顔にまじまじと眼を当てて、ヴァンツァーは興味深げに言った。

「観客のいる芝居は本当にやったことがない」

「…………」

「俺自身は舞台に立っている。そこでれっきとした別人を演じている。だが、周囲の人間は誰もそれに気づいていない。気づかせてしまったら幕が下りる。そういう芝居しかやったことがない。——ちょうどあんたが今やっているようにな」

エマ小母さんは再びおもしろそうに眼を見張って、

呆れたように肩をすくめた。

「ルウの知り合いってどうしてこう、揃《そろ》いも揃って変わってるのかしらね?」

「俺の台詞《せりふ》だ」


白熱した稽古がようやく終わったのは、とっぷり陽が暮れてからだった。

ベティは急いで着替えて二人のところまで来たが、この時はもういつものベティだった。

ヴァンツァーを見ると息を飲んで立ち竦み、気の毒なくらい狼狽《ろうばい》してへどもどと頭を下げたのだ。

「さっきはあの……ご、ごめんなさい。どうしても抜けられなくって……」

それでもヴァンツァーの顔を窺いながら恐る恐る問いかけてくる。

「あたしの護衛って言ってましたけど……それって、どういうことですか?」

ヴァンツァーはそれにには答えず、納得したように頷いた。

「聞こえていたか……。完全に人格が交代しているわけではないらしいな」

「ちょっと……それに近い時もあるんです。あたし、はまりすぎちゃうみたいで……」

「さあさ、話は後。まずはご飯にしましょうよ」

どんな時でも抜かりはないエマ小母さんは今夜もレストランを予約していた。

稽古の後のベティは見事な食べっぷりを発揮した。

こんな時間まで食べていなかったヴァンツァーも優雅な手つきで黙々と料理を口に運んだ。

食事中はベティとエマ小母さんに話し手を譲って聞き役に回っていたヴァンツァーは、ベティの前にデザートが運ばれると唐突にさっきの質問に答えた。

「おまえはヴィッキーの恋人だと思われたらしい」

「え?　ええーっ⁉」

店中の視線を集めるような大声を出してしまってベティは慌てて小さくなった。

「な、なんであたしが⁉」

「知らん。とにかくそう誤解されたのは確かだ」

　自分も食後の果物を食べながら、ヴァンツァーは淡々と言った。

「ヴィッキーには熱狂的な贔屓《ファン》が大勢ついている。中には頭のおかしいのもいる。その連中がおまえに——もしくはおまえの舞台に何かするかもしれない。それを心配して俺を寄越した」

　舞台と言われたとたんベティの顔が引き締まった。

　声を荒らげて訴えた。

「そんな！　そんなの見逃すわけにはいきません！　だったら早く警察に——」

「相手も特定できないのにか？　だから俺が来た。犯人がわかるまでおまえを護衛する」

　と言われても護衛という言葉からは連想できない眉目秀麗《びもくしゅうれい》な少年なのである。

　ベティはエマ小母さんと不安げに顔を見合わせて、小母さんが疑わしそうに尋ねた。

「素朴な疑問なんだけど……あなた、強いの？」

「この女一人を守りきれるくらいには」

　厳かなくらい真剣な表情でヴァンツァーは言い、小母さんは額《ひたい》を押さえてため息を吐いた。

　ベティもほんのりと顔を赤らめた。

　ヴァンツァーにはそんなつもりはないのだろうが、これだけの美少年に真顔でこんなことを言われてはたまったものではない。殺し文句もいいところだ。

「で、ですけど……護衛って、いつまで？」

「レティシアかヴィッキーのどちらかがもういいと言うまで。——おまえの寮と学校、それに稽古場は一応安全という前提だが、問題はその行き帰りだ。当分の間、俺に黙って外には出るな」

「だ、だけど……そんなの……」

「心配するな。それほど長くは掛からない」

　断言して、手の止まっていたベティにデザートを食べるように勧めてやる。

「自分が原因で無関係な人間に迷惑が掛かることを

ヴィッキーはもっとも嫌っている。誰の企みにせよ、そんな真似を許したりはしない。——すぐに大元を突き止めるはずだ」

「はあ……」

頷きながらもベティはまだどこか躊躇《ちゅうちょ》している。

ヴァンツァーはふと思いついて訊いてみた。

「ずいぶん念入りに役をつくり込むようだな」

とたんにベティは狼狽して、必死に訴えてきた。

「そんなつもりはないんです！　わざとらしいとかやりすぎだとか思われるかもしれないけど——でも、あたし本当に意識してやってるわけじゃなくて！」

「誰もわざとだとは言っていない」

どこまでも真面目にヴァンツァーは言った。

「さっきの女は今のおまえとは別人だ。そのくらい見ればわかる」

ベティは大きな驚きに眼を丸くした。

それは間違いない事実だったが、自分とたいして年齢の違わない少年にこんなことを言われたことはなかったからだ。

「ほんとに……あの、そう思ってくれる？」

「もちろんだ。おまえの感覚でも別人のはずだぞ。——違うのか？」

ベティはぶんぶん首を振った。

迷子の犬が主人に会えた時のように眼を輝かせてヴァンツァーを見つめたが、そこに色めいた表情はかけらもなかった。あらたまった口調で言った。

「ありがとうございます」

「なぜ礼を言う？」

「嬉しいんです。今までそれをわかってくれたのはエマ小母さんだけだったから」

「他の人間はわざとらしいとか、演技にしてもやりすぎだと言ったわけか？　見る眼のない連中だ」

容赦なく断じて、ヴァンツァーは話を戻した。

「役の人物が全面的に『表』に出ている時、おまえ自身はどうしている？　意識はあるのか」

「あります。だけど、何て言ったらいいのか……」

ベティはもどかしげに言葉を探した。

「実感がないって言うか、感覚がすごく遠いんです。あたしはフレイアの奥にいて、フレイアの眼と耳を通して見たり聞いたりしている感じです」

「舞台の上では脚本にない突発事態も起こるだろう。その状態で瞬時に対応できるのか？」

「それは大丈夫。むしろ普段より反応は早いくらい。実際のところフレイアはあたし自身でもあるんです。――全然あたしの自由にならないあたしだけど」

矛盾《むじゅん》して聞こえる説明だが、ヴァンツァーにはベティが何を言っているのかよくわかった。

彼自身、知らない感覚ではなかったからだ。

「気をつけろ」

「えっ？」

「あまりのめり込むと戻ってこられなくなるぞ」

ベティはますます眼を見張って、にっこり笑って首を振った。

「小母さんにも前に同じことを言われたんですけど、それはないです。幕をおろせばいつものあたしだし、次の脚本が決まればまたその役になるだけだから。稽古中は時々、抜けなくなったりしますけど」

切り替えはできていると断言して、ベティは少し表情を厳しくした。

「あたしがフレイアでいられるのは楽日《らくび》までです。公演終了と同時に彼女はいなくなるんです。だから、それまでは誰にも邪魔されたくない」

「だから、そのために俺が来たと言っただろう」

端麗なヴァンツァーの顔に漂った微笑はそれとはわからないくらいほのかなものだったが、ベティは非常に心強く思ったらしい。

嬉しそうに顔を輝かせて、勢いよく頭を下げた。

「よろしくお願いします！」

9

驚異的な短時間でヴァンツァーをプラティスまで送り届けると、《パラス・アテナ》は休む間もなく連邦大学に引き返した。

その間、ジャスミンはペーターゼン市のホテルに残って防犯装置の映像と取っ組み合っていた。

偽ワトキンスの顔はわかっているが、写真がない。似顔絵写真《モンタージュ》だけではいかにダイアナの処理能力をもってしても人物検索はできない。

そこでダイアナは主要宙港や大銀行、幹線道路に設置されている防犯装置に片っ端から潜入し、記録映像を複写《コピー》してジャスミンに渡したのだ。万に一つ、偽ワトキンスが映っていることを期待してだ。

「人相さえわかれば、あとはわたしが何とかするわ。だけど今はあなたの記憶に頼るしかないのよ。この中から一人を捜すのは大変だけど――できる？」

「やるとも」

しかし、偽者の姿がこの記録の中に収まっている保証はどこにもない。

加えて、ここ数日のペーターゼン市周辺の記録に絞っても膨大《ぼうだい》な量になる。

こうなると、実際に顔を合わせていながら偽者を取り逃がしたのが何とも悔やまれた。

「わたしとしたことが……現役の軍人だった頃なら、窓から見える席に座ったりしなかったものを！」

それは言うはうが無茶だが、ジャスミンは今度の一件は自分の失態だと信じて疑っていなかった。

この失敗を取り返すべく、ホテルにどっかと腰を据えて映像の山と格闘し始めた。

もう一人、レティシアも偽者の顔を見ているので、ログ・セール周辺の映像も入手して手伝わせたが、作業がはかどっているとは言いがたかった。

何と言ってもチェックしなければならない対象が多すぎるのである。

「これって、やっても意味ねえんじゃねえの」

確認しても確認しても終わらない記録映像の山にげんなりして、レティシアは早々に匙《さじ》を投げたが、ジャスミンはそう簡単に諦《あきら》めようとはしなかった。

「協力すると言っておきながら何だ、その態度は。男のくせに情けないぞ」

「姐《ねえ》さん、あんたそりゃあ男女差別だって」

「口答えする気か？」

その剣幕に辟易《へきえき》しながらレティシアは言い返した。

「そんなに尖《とんが》らなくてもあいつなら大丈夫だって。冗談抜きに殺したって死なねえ奴なんだからよ」

眼は映像から離さずにジャスミンは言い返した。

「話には聞いているが、わたしはその様子を実際に確かめたわけではないからな。安心はできん」

「そこが俺とあんたの違いだな。俺いっぺんあいつ突っ殺してるもん」

「…………」

「心臓をぐさりとやったのに、けろっとして戻ってきやがった。丈夫っていう意味では保証つきだぜ。有《あ》り体《てい》に言えば心配するだけ損ってやつだ」

レティシアなりに緊張をほぐそうとして笑ったが、ジャスミンはそれでも表情を緩めなかった。

「あいにくわたしはそこまで楽観的にはなれないな。いくら不死身の身体を持っているとしてもだ。首と胴体を切断されたらどうなる？」

「さあてねえ。あいつなら自分で自分の首を拾って、首なしの胴体にすげるんじゃねえの？」

「子ども向け番組に出てくる怪物《モンスター》のようだな。首の前と後ろをつけ間違えてすげてしまい、制御不能に陥《おちい》ってふらふら彷徨《さまよ》うというやつだ。——無駄口を叩いていないで次を見ないか」

「げ……」

鬼軍曹ならぬ元鬼大尉である。

そんな二人の努力も空《むな》しく、偽者の姿はなかなか発見できなかった。

二日が過ぎる頃には疲労も頂点に達し、比例して焦《あせ》りも強くなった。この時点になってもルウからは何の連絡もなかったからだ。

必然的に何かあったのだとしか思えなくなったが、二人の作業は結果として無駄に終わった。

相手は堂々と通信文を寄越してきたからである。

ルウが出かけてから四日目の午後だった。

フォンダム寮のリィ宛てに届けられたその手紙はベルトランのヴァレンタイン卿からとなっていたが、開けてみれば卿からではないのは歴然としていた。

そこにはただ宙図の座標だけが記されている。

リィは宇宙には詳しくない。

座標だけではどこを示したものか見当もつかない。

もっとも、これはリィに限ったことではなかった。

ほとんどの一般人は星の座標など知らずに気楽に宇宙旅行に出かけているのである。

リィは隣室のシェラにその手紙を見せて相談した。

「ここまで来いっていう意味なんだろうな」

「でしょうね。——どうなさいます？」

「そりゃあ行くしかないだろう」

「行くのはわかっています。問題はその手段ですよ。わざわざわかりにくい座標だけを寄越すからには、《パラス・アテナ》で来いというのでしょう」

「ああ」

実を言うと、それが少々引っかかっていたのだ。

あれから何度呼んでも答えは返ってこない。

自分の声が聞こえていないのか、聞こえていても答えられない状況にいるのは間違いない。

どう考えても自分が行かなければならなかったが、リィは小さな吐息を洩らした。

「彼らを巻き込みたくないんだけどな……」

「ですけど、現実的にわたしたちだけではここまで行けないはずです。座標なら調べればわかりますが、わたしたちは中学生ですよ。宇宙船を借りることもできないんですから」

「そうだな」

「第一、黙って行ったりしたら、ケリーはともかくジャスミンはものすごく怒ると思いますよ？」

「それは避けたい——心の底から避けたいぞ」

即座に言ったリィだった。

《パラス・アテナ》のケリーに連絡を取って座標を送ると、すぐさまダイアナが答えてきた。

「この座標は惑星グールーよ。中央座標《セントラル》から二百六十光年。連邦大学惑星《ティラ・ボーン》からは三百八十二光年。居住可能型だけど、連邦の自然文化財に登録されていて、星の生態系保護を理由に居住は認められていない。特別な許可がない限り上陸も不可能。専門の研究者以外では立ち寄ることも稀《まれ》な星ね」

船内で同じ報告を聞いていたケリーは地上にいるリィに確認を取った。

「おまえ一人で来いとは言われてないんだな？」

「ああ。それは難しいって話をしてたところなんだ。——連れていってくれるか？」

「訊《き》くだけ野暮《やぼ》だぜ。——いつ出発する？」

「そっちさえよければ、今すぐに」

二人は寮の舎監にしばらく外泊することを告げ、学校にも二、三日休むと説明した。

ジャスミンとレティシアも合流した。

《パラス・アテナ》はその能力を最大限に発揮して宇宙を跳び、六時間後には惑星グールーを探知機に捕らえていたのである。

グールーは美しい星だった。

観光が認められていないとはもったいない話だが、今はその姿を観賞している余裕はない。

資料にある通り、地上に人工物は探知できないが、軌道上には地上の様子を観察するための人工衛星がいくつも飛んでいる。

撮影機や分析機能を備えている小さな探査衛星がほとんどだったが、その中に一つ、際だって大きな拠点《ステーション》があった。

巨大な円筒形をしていて直径は約七百メートル、

全長は三千メートルに達している。

オアシスほどではないにせよ、ちょっとした街がつくれそうな大きさだ。

「ダイアン」

ケリーが問いかけると、長年の相棒はそれだけで意味を察して答えてきた。

「研究用拠点《ステーション》、名称《ネレウス》。連邦の管理局に正式に登録されているわ」

「それにしちゃあ、ずいぶんなでかぶつだな」

「そうね。登録証にはその理由も明記されているわ。グールーに関する研究施設はすべて《ネレウス》に集中していて研究者たちの居住区も兼ねているから――だそうよ。少なくとも書類上はね」

「額面通りには受け取れないか？」

「これだけ近くにいながら《ネレウス》の管理脳はわたしの接触《アクセス》に答えない。軍艦か、重要機密を扱う公的機関並みの侵入防止措置を施《ほどこ》してあるんだわ。どれだけ大層な研究か知らないけど、こんな僻地《へきち》の拠点《ステーション》にそこまでの備えはいらないはずよ」

「攻略できるか？」

「――すぐには無理ね。少し時間が掛かるわ」

「わかった。そっちは任せる」

どうしたものかと思ったが《ネレウス》のほうが反応が早かった。

《パラス・アテナ》に対して堂々と停船を指示し、通信文を寄越してきたのだ。

「《ネレウス》へようこそ。お迎えを出しますので、金の天使はこちらへおいでください」

ケリーは逆らわなかった。

指示された位置で船を止めると《ネレウス》から小型の送迎艇が発進するのが確認できた。

接近してくる送迎艇と連結する準備を調えながらケリーは船室に声を掛けた。

「――来るぜ。用意はいいか？」

「ああ。行ってくる」

リィの声はあっさりしたものだった。

操縦室にいたジャスミンのほうが心配そうに声を掛けたくらいだ。

「何かあったらすぐに連絡するんだぞ」

ダイアナも言葉を添えた。

「発信機だけは取り上げられないように気をつけて。位置さえわかればいくらでも援護できるから」

「だからっておれたちが中にいるのにミサイルだの二十センチ砲だのはぶっ放さないでくれよ」

「二十センチ砲はわたしじゃないわ。ジャスミンよ。でも、仮にわたしたちが揃《そろ》ってぶっ放したとしても、あなたたちなら別に問題ないんじゃない？」

「おおありだ。こっちは一応、死んだら終わりなんだからな」

そんな冗談さえ言いながらリィは連結橋に向かい、送迎艇に乗り込んだのである。

リィだけではない。シェラは最初から残る気など微塵《みじん》もなかったし、レティシアも平然と乗船した。

三人ともダイアナから渡された通信機を腕に巻き、発信機は皮膚《ひふ》に偽装して耳たぶに張り付けている。

そして三人とも入念に武装していた。

リィとレティシアはこの間の試合で使用した剣を腰に差し、シェラも全身に刃物を仕込んでいる。

普通の刃物だけでは対応できない場合を想定してレーザーの剣も携帯している。

銃は持たなかった。彼らにとっては扱い慣れない、信頼性の薄い武器だからだ。

他の武装にしても取り上げられてしまう可能性は拭えないが、丸腰で行くより遥《はる》かにましだった。

特に、リィの剣はリィの呼びかけによって動く。取り上げられても離ればなれになっても、リィの意志次第で手元に呼び戻すことができるのだ。

送迎艇の中には誰もいなかった。

ここまで自動操縦で飛んで来たらしい。

最後に乗ったレティシアが手動で扉を閉めると、艇は再び自動で動き始めた。

三人を乗せた送迎艇がゆっくり離れていくのを、

ジャスミンは硬い顔で見送った。

彼らが見た目通りのひ弱な子どもではないことは承知しているし、人には得意分野というものがある。

ここから先は、自分は、大ともども宇宙担当だとわかっていたが、ジャスミンは一番危険なところは自ら引き受けたい性分だった。

彼らを前線に立たせて自分が後方支援というのはあまり気分のいいものではないのである。

それはケリーも同じことだった。

ここまでやって来ながら手詰まり状態とは何とも焦《じ》れったい。第一あの中にいるのがストリンガーの仲間だとしたら、自分にとっても他人事ではない。

(何をやってるんだ、天使……)

そんな恨み言さえ、思わず胸に湧き起こる。

それでも今はじっとしているより仕方がなかった。

短い距離を移動した送迎艇は《ネレウス》からの誘導波に従って発着場に進入、無事に収容された。

宇宙と格納庫を仕切る二重扉がゆっくり閉ざされ、艇の外部に空気が満たされる。

それを待って三人は送迎艇から降り、内部へ続く隔壁扉《かくへき》をくぐった。

そこには顔色の悪い瘦《や》せた男が待っていた。

「ようこそ。ワイス・アーヴィンです」

アーヴィンはリィの他の二人を見ても少しも驚く様子はなく、無表情に名乗った。

腰に差している剣が見えないはずはないだろうに、武装解除も求めてこない。

もっとも見た目は十三歳の少年二人と、それより少し年上の小柄《こがら》な少年一人である。警戒するまでもないと思ったのかもしれなかった。

「こちらへどうぞ」

先に立って歩き出したアーヴィンにリィは黙って従い、他の二人も後に続いた。

足下はすぐに動く通路に変わった。何度かそれを乗り継いで三人が案内されたのは広々とした立派な部屋だった。

内装も調度品も豪華なもので、退屈しないだけの設備が整っているが、そこでアーヴィンはシェラとレティシアに向かって言った。

「お二人はこちらでお待ちください」

この先はリィ一人だけで——と言うのである。

シェラは顔色を変えた。猛然と反論するつもりが、リィがそれを制したのだ。

「ここで待ってろ」

「リィ！　ですけど——」

「大丈夫だ」

きっぱり言われてしまうと、シェラにはそれ以上強く出られなかった。

不承不承ながらリィの背中を見送った。

今だけはレティシアと二人で残されることよりもリィの身が気遣われた。

同じ部屋にいる男の存在も忘れるくらいだったが、レティシアには別の考えがあったらしい。

「お嬢ちゃんよ。ご主人さまが大事なのもわかるが、ここの連中がなんですんなり俺たちを通したのか、ちょっと考えてみたほうがいいぜ」

紫水晶《アメジスト》の眼が厳しい光を湛《たた》えて男を振り返った。

「——わたしたちを人質に取るつもりだと？」

「まあな。でっかい姐《ねえ》さんが言ってただろう。黒い天使の弱みが王妃さん、じゃあ王妃さんの弱みは？少なくともおまえは立派に該当すると思うぜ」

「————!!」

大声を上げそうになったのをかろうじて抑える。

「貴様……誰に聞かれているかわからないんだぞ。迂闊《うかつ》なことをしゃべるな！」

シェラの警告に対し、レティシアは皮肉に笑って首を傾げた。

「口をつぐんでも意味ないだろうよ。この中に心を読む奴がいるならな」

普通の神経を持ち合わせた人間なら自分の思考を他人に覗《のぞ》かれることは耐え難い苦痛になる。

だが、死神とまで呼ばれた男は平然としていた。

それどころか、レティシアはこの状況を楽しんでいるようだった。

彼の顔には何かを期待する表情がある。

物騒な気配を何より好む死神は、久しぶりにその好物にありつけることがわかっているようだった。

幸か不幸かその予感は見事に的中したのである。


アーヴィンは迷路のような通路を何度か乗り換え、あの聖堂のような部屋にリィを案内した。

一歩中に入って、室内のがらんとした様子を見て、リィも訝《いぶか》しげな顔になる。

「しばらくこちらでお待ちください。すぐに我々の代表がお目に掛かります」

慇懃《いんぎん》に言って引き上げようとしたアーヴィンだが、小柄な少年を上目遣いで見るようにして言った。

「……その前に、あなたの首に掛かっているものを渡していただけますか」

「これか？」

リィはあっさり首に掛けた鎖を外した。

細い鎖には小さなペンダントのように銀の指輪が通されている。

それはただの指輪ではなかった。

普段は封じられているリィの超常能力を解放する唯一無二の鍵だった。

それを右手の指に嵌《は》めるだけで、それこそ指一本動かさずに《ネレウス》を制圧することも可能だが、リィはそうしようとはしなかった。

鎖ごと無造作にアーヴィンに向かって差し出して、からかうように言ったものだ。

「よく調べたもんだ。誰の心を覗いたんだ？」

アーヴィンは答えなかった。

火を摑むようなおっかなびっくりの手つきで鎖を握りしめ、なるべく身体から遠ざけて持ちながら、部屋を出て行った。

やがて一人になったリィの前に現れたのは、あの四人の老人だった。

無論、実体ではない。立体映像である。

老人たちはリィを見ると口々に言ってきた。

「よう来た、金の天使」

「これはまた、ずいぶんと小さい」

「いやいや、可愛らしいのう」

「さよう。天使とはよく言ったもんじゃ」

四人はこれで褒《ほ》めているつもりらしいが、リィは舌打ちして気分を害していることを表した。

「天使はよせ。おれには似合わない呼び方だ」

老人たちは歯の抜けた口で笑い声を立てた。

「ほ、これは……手厳しい」

「呼び名にうるさいのはラー一族の特徴かのう」

「しかし、解《げ》せぬ。おまえは一族の生まれではない。ベルトランで生まれた人の子のはずじゃ」

「うむ、その記録には間違いはない」

ひとしきり頷《うなず》き合う老人たちを、リィは鋭い眼で見据えて短く訊いた。

「だから？」

「かの一族が人の子どもと結びつくなど、わしらの頃には考えられなかったことなのでな」

「さよう。わしらが初めてラー一族の姿を見たのはかれこれ六十年も前のことじゃが……」

「なぜ今になっておまえのような例外が現れたのか、その原因を突き止めぬわけにはいかぬ」

老人たちの口調はそれなりに深刻なものだったが、リィは無情に言い返した。

「時間の無駄だぞ。そんなことを訊くためにこんなところまで呼びつけたのか？」

この連中の正体なぞに興味はなかった。

何を目論《もくろ》んでいるのかもだ。世界征服を企もうが連邦の乗っ取りだろうが勝手にすればいい。

しかし、ルウが戻ってこない。

気がかりなのはその一点だけだった。

尋常の手段であの相棒を絡め取れるわけがない。

何かあるはずだった。それを知るために、リィはここまで来たのである。

老人の一人が感慨《かんがい》深げに言う。

「ベルトランにも人をやって探らせたが……」

リィの緑の眼がきらりと光ったことに老人たちは気づかない。

自らの関心だけに浸って語り続けている。

「おまえの母親が——あの女が正気だとすればだが、赤子のおまえを黒い天使がもらい受けに来たという。——それはなぜだ？」

「まさに。人のおまえと、ラー一族の黒い天使とが、いかなる理由でもって結びついた？」

「うむ。わしらが知りたいのはまさにそこなんじゃ。なぜおまえが選ばれたのか、答えてもらおうか」

リィは細い肩をすくめただけだった。

「あいにくだな。その時のおれは生まれたばかりだ。覚えているわけがない。どうしても知りたいなら、おれの相棒に尋ねてみるんだな」

老人たちは答えない。

悪い予感に騒ぐ胸を押さえながら、リィはわざと傲然《ごうぜん》たる口調で言った。

「どうした？　相棒はここにいるはずだぞ」

「さて……」

老人たちは妙にもったいぶった様子だった。

「おまえの言うとおりじゃ。黒い天使は今、我らの手の中にある」

「しかし、なぜそのようなことになったと思う？」

それこそまさにリィが知りたいことだった。

だが、そんな素振りはつゆほども顔には出さずにぶっきらぼうに言い放った。

「知らないな。興味もない」

すると、四人は不気味な含み笑いを洩らした。

「その言い抜けは通らぬよ。そもそもは、おまえが原因じゃ」

「そうとも。おまえが話したことだ。自分の相棒は決して、妊婦に手を掛けたりできんとな」

初めてリィの表情が変化した。

見た目は十三歳の少年でも、数え切れないほどの修羅場《しゅらば》をくぐっているリィである。駆け引きの場で内心を面《おもて》に出すような愚はまず犯さないのに、今は抑えきれなかった。激しい驚きと怒りを露《あら》わにして、喘《あえ》ぐような声を洩らした。

「――なんだと？」

常に堂々と輝いているはずの黄金《きん》の戦士の動揺を、老人たちは楽しげに嘲笑《あざわら》った。

「そうとも。おまえが言ったことじゃ」

「情報局長官はなかなか物覚えのいい男なんじゃよ。おまえの言葉の一言一句を記憶していた。もちろん人に話したりはしなかったがの」

「よほど衝撃であったのか、心の中ではいつもそのことを考えていた」

「わしらにはそれで充分でもあった」

勝ち誇ったような老人たちの言葉とは対照的に、リィの顔からは血の気が引いていた。

なんたることかと思った。

あの一瞬、呼ばれたような気がしたのは、やはり間違いではなかったのだ。最大の禁忌《きんき》と出くわして自分に救いを求める間もなく意識を飛ばされたのだ。

敵に精神感応力者がいるとわかった時、どうして自分はその最悪の可能性を考えなかったのか……。

「妊娠している女を攻撃できない。それが誰であれ、攻撃はできない。それはつまり独自の個体ではなく、母になろうとしている存在すべてを指すものらしい。ならば動物の雌《めす》ではどうかとわしらは考えた」

「うむ。何と言っても人間の脳より、動物のほうが遥かに操りやすいからの」

「加えて攻撃能力も遥かに高い。人間の女は武器を奪われればそこでおしまいじゃが、牙や爪といった野生の武器は『本体』から切り離すことはできん」

「素人《しろうと》の女に、自らの意志に反して銃を撃たせても、なかなかうまくは当たらんしな。――しかしまあ、眼の前で自害させることでうまく動揺を誘えたしの。無駄にはならずにすんでよかったよ」

リィはもはや感情を隠そうともしなかった。

薔薇色《ばらいろ》の唇から猛獣さながらの低い唸り声が洩れ、緑の瞳に凄《すさ》まじい憤怒《ふんぬ》が燃え盛っている。

その眼は灼熱の炎を宿すと同時に恐ろしく冷酷に四人を射抜いている。

「……それを本当にやったのか？」

「おお。おもしろいくらい見事に動けなくなったわ。そこを叩いてやったのよ」

「いかに超常能力を持つとはいえ、生身の身体には違いないからの」

「しかし、これまた考えてみればおかしな話じゃ。ガイアは刃物で斬ってもレーザーの雨を浴びせても何ともないというのにな」

「うむ。同じ一族でありながら、なぜそうした差が生じるのか？」

「おまえの相棒は拍子抜けするくらい呆気なかった。あれでは人間と大差ないぞ」

リィはもう彼らの言葉など聞いていなかった。

四人の老人の顔一つ一つを——どれも似たようなしわくちゃだが——脳裏に叩き込みながら言った。

「話はそれだけか？　それだけなら、おれは帰るぞ。相棒と一緒にな」

すると、老人たちはまた不気味に笑った。

「さて、それはどうかな？」

「おまえにおもしろいものを見せてやろう」

右手側の白い壁がスクリーンに変化して、映像が映し出される。

広い通路を挟んで、大きな卵形の容器《カプセル》がずらりと並んでいる。この拠点《ステーション》の中だということは見当がつく。ここは種類の違う白い壁からしても何かの研究室のようだった。

映像が大写しになると、その異様な光景にリィは眼を見張った。

卵形の容器の中には人間が入っていた。

厳密に言えば、かつては人間だったものだ。

まともな人間の形をしているものは一つもない。

通路を歩いている研究者の姿が見えるが、それと比較してみると、卵形の容器は人間が入れるような大きさではないのである。もっとも人間らしい形を残しているものでも両腕のない上半身だけの姿だ。

ほとんどは首から上の部分だけ――極端なものになると脳髄《のうずい》だけが培養液に浮かんでいる。

何とも不気味な人体標本だった。

さらにおぞましいことに、それらの標本はすべて、まだ生きていた。

容器の内側から伸びた大小の管が脳につながれ、容器の下部には生命徴候《バイタルサイン》を管理する列盤《パネル》がある。

この容器が生命維持装置として働いていることは疑いようがない。

つながれた人たちは死ぬまで容器《そこ》から出られず、自分が標本にされたことさえ永久に自覚することはないだろうが、それでも間違いなく生きていた。

老人の一人が得意そうな調子で言う。

「長年掛けて集めた超常能力者たちじゃよ」

「ただし、おまえと違って自由に動いたり考えたりすることはできんがの」

「邪魔な手足を落として脳をちょいといじくってな。うむ。前頭葉の一部を削除してある」

「脳そのものは生きてはいるが、思考能力も自我もこ奴らにはもはや存在しないというわけじゃ」

リィは黙っていた。

無惨な実験材料にされた人たちを見る眼には何の感情も表れていなかったが、老人たちはリィの心に潜むものを見透かしたように不気味に笑った。

「連邦の研究は三年前、残念ながらおまえによって頓挫《とんざ》したが、わしらは諦めなかった」

案の定だった。この老人たちは、本来ならリィも連邦の研究者たちの手によって、こんな姿にされていたはずだと得々として語っているのだ。

「超常能力とは要するに脳の異常じゃ。特別な発動能力を備えている脳の持ち主を指して言う。ならば、まずその特殊な脳の持ち主を確保する。しかるのち能力だけを抽出して、こちらの指示通りに働かせる。それを可能にすることが、おまえに壊滅させられたイーストキャラハンとわしらの研究主題じゃった」

「残念ながら連邦はすっかりおまえに怖じ気づいて、研究から手を引いてしまったが……」

「あの時点で既に一定の成果は得ておったのでな。今では立派に実用段階じゃ」

「必要となるのは『動力源』としての脳髄だけじゃ。自我も思考力も取り除いてしまうに限る。ついでに余分な栄養を喰う身体もな」

「うむ。そんなものを残しておく必要はないからの。物騒でいかん」

こんな衝撃的な話を聞かされても、リィは表情を変えなかった。先程燃え上がらせた激しい怒りとは裏腹に、静かにスクリーンを見やって言った。

「おまえたちはおれの相棒もこうしたのか？」

老人たちは満足そうに笑った。

「おまえの相棒など、もうどこにもおらぬよ」

「あ奴には他の超常能力者にはない特別な力がある。死した命を蘇《よみがえ》らせるというすばらしい能力がな。――それればかりか本人の弁によれば、老いた肉体に若さを取り戻すことさえ可能にしているという」

「しかし、協力はできんと抜かしおった。その点は他の能力者どもと言うことは少しも変わらん」

「じゃが、そんな勝手は許せんからのう。こ奴らと同じように前頭葉をぶち抜いてやったわ。代わりに制御装置を埋め込んである。あれはもう、わしらの意のままに動く人形じゃよ」

それは事実上の殺害宣言だった。

身体はまだ生きていて生命活動を続けている。だが、その人をその人たらしめていた『自我』や『個』は完膚無きまでに破壊され、永久に失われて、二度と元に戻ることはないと彼らは言っている。

そこまで言われてもリィは動こうとしなかった。

いつものリィなら烈火のごとく怒り狂うはずだが、うっすらと笑みさえ浮かべて冷ややかに問い返した。

「それで？　おれの相棒はおまえたちの期待通りの発電機になったのかな」

まるでルウを使った実験が老人たちの思惑通りにいかなかったことを知っているような口ぶりだった。

事実、この言葉は痛いところをついたらしい。

四人は揃って苦い顔になった。

同時に、この少年がそれを指摘したことで本音が出た。一人が苛立《いらだ》ったように言ったものだ。

「じゃからこそ、おまえを呼んだのじゃ」

「他の命令には従順に従うが、肝心の能力は何故かさっぱり発動しようとせん」

「おまえだけが、あれを正しく動かせる。ガイアはそう言明したという」

「いかにも。さっそく動かして見せてもらおうか」

こんな要求を当然のように突きつけてくる四人にリィは嫌悪と侮蔑《ぶべつ》の表情で応じた。

「馬鹿か、貴様ら。なんでおれがおまえたちの言うことを聞いてやらなきゃならない？」

「理由はこれじゃよ」

研究室を映していたスクリーンが消える。

代わって声だけが――ひどく緊迫した声が天井の高い部屋に響き渡った。

「ルウ⁉　やめてください！　どうしたんです⁉」

「馬鹿野郎！　言うだけ無駄だ！」

シェラの悲鳴とレティシアの罵声《ばせい》。

それだけで何が起きているか悟るには充分すぎた。

即座に踵《きびす》を返し、出口へ走り出したリィの背中に、老人たちの嘲笑《ちょうしょう》が浴びせかけられる。

「早《はよ》う止めてやることじゃ」

「さよう。さもないと、おまえのお友達がおまえの相棒に殺されてしまうぞ」

「いやいや、いっそのこと殺されてしまったほうがありがたいわ」

「まさしく。さすれば必然的に、おまえのお友達を蘇生《そせい》せざるを得なくなるじゃろうからな」

舌打ちしながらもリィは足を止めなかった。

振り返ることなく聖堂のような部屋を飛び出し、動く通路に逆らって元の部屋に突進した。

シェラにとってはまさに悪夢の出来事だった。レティシアと二人で取り残され、居ても立ってもいられない思いをしていると、急に部屋の扉が開き、そこにルウが立っていた。

この人が無事であったことにほっとして、微笑を浮かべて近寄ろうとした。

ところが、ルウは部屋に入ってきながら剣を抜き、問答無用で斬りつけてきたのである。

自分の眼が見たものが信じられなかった。

反応もできず茫然と立ちつくした――と、頭では思ったが、長年の修練のほうが正直だった。

身体が勝手に動いて必殺の一撃を躱《かわ》していた。

避けるのが一瞬でも遅れたら真っ向から斬られていただろう。

身体に染みついた習慣はさらに雄弁にものを言い、シェラの手は無意識に鉛玉を摑んでいたが、それを撃ち込むことはどうしても躊躇《ためら》われた。

足を使って必死に飛び離れたが、相手は一直線に追いかけてくる。

ルウが握っているのはレーザーの剣だった。

シェラの身代わりに机が真っ二つに切断される。

「ルウ⁉」

思わず叫んでいた。

「やめてください！　どうしたんです⁉」

「馬鹿野郎！　言うだけ無駄だ！」

レティシアが罵声で応える。

「わからねえのか。こいつまともじゃないぜ！」

確かにルウの様子は変だった。

白い顔には極端に表情がない。まるでよくできた仮面のようだ。青い眼も色は少しも変わらないのに、まったく輝きがない。まがいものの宝石のようだ。

その眼の中にシェラの姿は映っていない。単なる獲物として認識しているだけだ。

それでもシェラには信じられなかった。

この人があっさり敵の手に落ちたことも、意志を縛られながらこれだけの動きをしてみせることもだ。

この人は強い人である。何をされたか知らないが、どんな呪縛も自力で払えるはずだと信じた。

「しっかりして！　正気に戻ってください！」

必死の嘆願も空しく一瞬で距離を詰められる。

背筋がぞっと冷えた。

こうもやすやすと間合いに入られた覚えは数えるほどしかない。

が、考えてみれば、もっともな話だった。

この人はリィに剣術を教えた師匠なのである。

斬られる！　と思わず覚悟したシェラと違って、レティシアは一瞬も躊躇《ちゅうちょ》しなかった。

彼にとって攻撃を仕掛けてくるものは敵である。

それだけで充分、生かしておけない理由になる。

厳しい実戦を戦い、生き抜いてきた彼は、卑怯《ひきょう》だの正々堂々だのという勝負の作法はまったく意に介さない。

シェラに迫ったルウの背中から鋭く斬りつけたが、ルウは信じられない身のこなしでこれも防いだ。

今度は狙いをレティシアに定めてレーザーの剣で斬りかかる。

レティシアも同じ剣ですかさず応じる。

部屋の中に凄まじい火花が散った。

一度では済まない。立て続けに、恐ろしい速さで火花が散る。それは二人の剣戟《けんげき》の速さを示している。

「リィ！」

黒い魔神からかろうじて逃れたシェラは、思わず手首の通信端末に向かって叫んでいた。

「大変です！　ルウが！」

「今行く！」

予想に反してすぐに答えが返ってきた。

だが、その声は続いてとんでもないことを言った。

「シェラ！　かまわないからそいつを叩っ斬れ！」

「リィ!?」

青くなったシェラだった。

「何を言うんですか！　この人は操られているだけなんでしょう⁉」

「違う！」

リィは全力で走りながら応えているのだろう。返ってくる声はとぎれがちだった。

「それはもうルーファじゃない！」

「ええっ⁉」

「脳を破壊された！　制御装置《コントローラー》で動いているだけの生きた死体だ！」

血が凍るかと思った。

第一、とてもそんなふうには見えない。この人が自分を見失っているのは確かだが、外見はどこにも傷はない。長いきれいな黒髪もそのままで脳手術を受けたようには見えないのだ。

愕然としてしまったシェラとは対照的に、リィの声はさらに鋭く言う。

「レティー！　聞いてるな！　それを止めるんだ！　おまえならやれるはずだぞ！」

「そうしたいところなんだけどよ」

激しい斬り合いから何とか間を拾って飛び離れたレティシアは密かに舌を巻いていた。

以前に戦った時とは段違いの強さだった。これで意識がないとは冗談だろうと思うぐらいだ。

「厄介《やっかい》だな。こいつ脳味噌ないほうが強いぜ！」

通路を走りながらリィは唸った。

そんな状態なら本来の相棒より格段に動きが鈍るはずなのに逆に冴えているという。

理屈に合わない話だが、心当たりがあった。

自分もそうだが、相棒にも普段は理性で意識的に抑えている領域がある。

その束縛が脳手術によって外れたとしたら……。

そんなことを考えながら応接室に飛び込んだ。

「リィ！」

シェラが救いを求める悲鳴を上げる。

レティシアと牽制《けんせい》し合っていたルウは振り返って

リィを見つめてきた。

何の感情も籠《こ》もっていない眼だった。

その眼を見た瞬間、リィはすべてを悟った。

眼の前にいるそれが何であるか、今の自分が何をすべきか正確に理解した。

リィはレーザーの剣ではなく、腰に差した自分の剣を抜いて言ったのである。

「退《ど》け。おれがやる」

十三歳の少年とは到底思えない厳しい声だった。

斬るべき相手を前にした戦士の宣言でもあったが、レティシアは懐疑的な顔で言った。

「あんた、こいつと戦《や》ったりして平気なのかよ？　ここであんたにまで倒れられるのは御免だぜ」

「そんなことにはならない」

リィはきっぱりと断言した。

「見ればわかるだろう。これはルーファじゃない」

シェラは蒼白な顔で息を呑んでいた。

確かに見ればわかる。本来のルウではないことも、別人に変じてしまっていることも。

それでも敵と見なしてしまうのは抵抗があった。

そう簡単に切り捨てることはできなかったというべきだろう。シェラにとってはリィと並んで大事な人なのだ。何かのきっかけで、刺激を与えることで、元に戻ってくれればという期待が捨てきれなかった。

レティシアはシェラとはまた別の思惑で、ルウが正気に戻ることを願っていた。口では何と言ってもこれと戦うのはリィに多大な精神的負荷が掛かると思っていたからだ。こんな敵地のど真ん中でリィの戦力を当てにできないのは致命的である。

だが、レティシアには医学の知識がある。

これが単なる記憶障害ならそれこそ脳内に端末を埋め込んで思考を補助することも可能だが、人格が変成するどころか自我が消失するまで徹底的に脳を破壊されたとしたら、理性も知能も失われて二度と元には戻らないことを知っていた。

現にリィのことを知らない相手を見るような眼で

見ている——と思ったら、ルウはリィを前にして、ゆっくりと微笑を浮かべたのである。

シェラもレティシアも思わずリィに眼をやった。

この状態でもやはりどこかにルウの意識が残っているのではと咄嗟《とっさ》に考えたのだが、戦いを前にした黄金の戦士は微動だにしなかった。

それどころか馬鹿にしたような冷笑を浮かべて、他人事のように言ったのである。

「表情まで操作できるのか？　便利な制御装置だ」

レティシアが訝しげに言う。

「けどよ。脳味噌いじくるだけならまだしも、その抜《ぬ》け殻《がら》をここまで器用に動かすって、そんなことが外科手術でできるのかよ？」

「さあな。もしかしたら半分は超常能力のせいかもしれないぞ」

「こいつの？」

「違う。ここにいる能力者たちの力だ。みんな脳をいじくられて単なる発電機にされてるがな」

リィの声に怒りが混ざり、唸るように言った。

「——二人とも。援護を頼む」

「本当にやるんですか？」

恐怖の悲鳴を発したシェラに対し、レティシアは面倒くさそうに舌打ちした。

「いちいちびびるなよ。忘れたわけじゃないだろう。こいつは殺したって死にやしないんだ。取りあえずおとなしくさせて死体を担いで帰ればいい。どうせ生き返るんだ。正気に戻す方法はそれから考えても遅くはないぜ」

対象をルウに限定して言うなら極めてまっとうな手段と言えるが、リィの表情は冷たかった。

「馬鹿も休み休み言うんだな。おれはこんなものを持って帰るつもりはないぞ」

黙って見つめる二人の前で、リィは三度《みたび》言った。

「これはもうルーファじゃない。——正確に言うと、ルーファはもうここにはいないんだ」

二人には意味がわからなかった。しかし、リィは次の瞬間、金色の疾風のように飛び出していた。

豪華な応接室がたちまち演舞場に変化する。

演目は超一流の剣《つるぎ》の舞だ。

ルウの握っているレーザーの剣は鉄をも寸断する。それなのに、リィの握った剣はそれを受け止めてびくともしなかった。白銀《しろがね》の肌がレーザーの剣との衝突でさらに眩《まぶ》しく輝いたかと思うと、今度はその切っ先が縦横無尽に閃いてルウに襲いかかった。

尋常の相手なら一合も堪《こら》えられない連続攻撃だが、そこは相手もただものではない。嵐のような猛攻をことごとく防いで倍の勢いで反撃する。

凄まじい剣戟になった。

両者一歩も譲らない。黒い魔神の破壊力と黄金の戦士の攻撃力は互角に見えたが、長引けばどちらが優勢かは歴然としていた。

ニックス氏と試合《しあ》った時のように歴然たる技倆の差があればともかく両者の実力が伯仲している場合、体格の差は勝負に大きく影響する。

小柄のリィのほうが不利なのは当然だった。

ここに至ってシェラは意を決した。ルウと違ってリィは斬られたらおしまいの人である。そう簡単に戻っては来られない人なのである。自分の眼の前でそんなことを現実にするのは断じて御免だった。

レティシアも隙を窺《うかが》っていたが、援護しようにも二人の距離が近すぎる。おまけにその動きは眼にも止まらない。迂闊に攻撃したら誤ってリィの身体を斬ってしまいかねない。

じりじりしていると、息もつけない攻防の隙間を無理やり拾ってリィが飛び離れた。これ以上は息が続かなかったのだ。

委細かまわず追いすがるルウの横手からすかさずレティシアが斬り込んだ。

遅れじとばかりシェラも鉛玉を放った。

レティシアの一撃を受け止めたルウの背中と肩にその礫《つぶて》は確かに命中した。

どんな豪傑でも悲鳴を上げて蹲《うずくま》るはずだったが、

ルウの体勢は少しも乱れない。

レティシアが死神さながらに冷徹に剣を振るえば、ルウの戦いぶりはまさに『機械のよう』だった。

そこには何の感情もない。ただ獲物を倒すという条件を満たすために動いているだけだ。

おまけに、これだけ激しく戦っていながら少しも呼吸が乱れない。当然、動きも衰えない。

疲労することを知らないかのようだった。

生物であれば決してあり得ないことだ。

どんなに常人離れしていても生身のレティシアはこんな相手には抗しかねた。

まともに絡み合っても損をするばかりと見極めて、いさぎよく助けを求めた。

「王妃さん！」

呼吸を整えたリィが再び参戦し、ルウに肉薄する。

今度はレティシアと力を合わせ、右に左に一瞬も足を止めずにルウの周囲を燕《つばめ》のごとく飛び回りつつ、霰《あられ》のような攻撃を浴びせたが、驚くべきはルウの身体能力だった。

この二人を同時に相手にしてまだ倒れない。

左手に握ったレーザーの剣捌《さば》きが眼で追えない。

もしかしたら、今のルウには痛みを感じる神経もないのかもしれないとシェラは思った。

少なくとも三発の鉛玉を食らっているはずなのに、まったく動きが鈍る様子が見えないのである。

レティシアがシェラに向かって叫んだ。

「手足の関節だ！　でなきゃ神経に直接撃ち込め！　そうすりゃいやでも動けなくなる！」

シェラも叫び返した。

「そんな超高等技術を簡単に人に要求するな！」

際どい急所を——しかもじっと動かないでいるか、普通に運動しているところを狙うならまだしも——まさに神速とも言うべき動きを発揮している相手の関節や神経をどうやって捉えろと言うのだ。

ましてや三つ巴《どもえ》の戦いである。少し手元が狂えばリィやレティシアに当たってしまう。

焦っていると、リィが吠えた。

シェラがぎょっとしたほどの咆哮《ほうこう》だった。

この激しい戦いのせいで、リィまで本性を露わにしようとしている。もともと猛獣が薄皮一枚理性を被《かぶ》っているような人だが、その皮は滅多なことでは剝《は》がれない。なのに剣を使う金色の獣《けもの》はその物騒な本能に従って猛然と自分の相棒に襲いかかった。

レティシアが慌てて飛び退いた。

巻き添えにされかねない勢いだったからだ。

小さな身体が鋼《はがね》の強さと炎の激しさとで自分より大きい相手を押しまくり、圧倒する。

こんな力がまだ残っていたのかとシェラは思わず眼を見張った。

今のリィはまさしく真剣勝負を戦っていた。

自分が残るか相手が残るか、残れなければ倒れて屍《しかばね》を晒《さら》すのみ——それが絶対的な掟《おきて》の勝負をだ。

機械のようなルウもこれにはたまりかねた。

わずかに体勢を崩した。


リィはその一瞬の隙を見逃さなかった。すかさず突き込んだ剣先は、躱しきれなかったルウの左肩の肉を抉《えぐ》っていた。

殺人機械と化している黒い魔神はレーザーの剣を取り落としこそしなかったが、さすがにその剣先がぐらついた。

それでもなお剣を取り直そうとするのを許さず、レティシアがその背中を斜めに斬った。

ほぼ同時に、リィがとどめとばかりに真っ向から斬り下ろしていた。

充分な一撃だった。

血がしぶき、左手からレーザーの剣が落ちる。

ルウの身体はふらりと泳ぎ、意外なほど呆気なく、ぱたりと床に倒れた。

10

倒れた相手が完全に動かなくなったのを確かめて、レティシアは額《ひたい》の汗を拭った。

「やれやれ……」

リィも肩で大きく息をしていたが、呼吸を整える間も惜しんで《パラス・アテナ》に連絡を取った。

すぐにケリーが応えてくる。

「どうした？　天使は見つかったか？」

「この施設の構造が知りたい」

リィの口調は厳然たるものだった。

「特に廃棄物の処理方法をだ。どう処分してる？　外の宇宙に捨ててるのか」

予想外の言葉に絶句した（と思われる）ケリーに代わって、ダイアナが答えてきた。

「いいえ。それだけの大きさですもの。宇宙空間に塵《ごみ》を巻き散らかすことは環境汚染につながるという理由で禁止されている。――オアシスと同じように分解炉があるわ」

「有機物でも――人体でも処理できるか？」

「当然よ。オアシスではそこでお葬式をすることもあるんだから。ただし、もちろん生きてたらだめよ。安全装置が働くから」

「問題ない。ちゃんと死んでる。おれたちが今いる位置からどう行けばいい？」

シェラはまた血の気が引くのを覚えていた。

分解炉とは文字通り物質を原子化して再利用する究極の塵処理手段である。

「リィ……まさか……」

それ以上は恐くて言えなかった。

レティシアも眼を丸くして死体を指さした。

「あんた、消しちまおうってのか、これを？」

「ああ。燃やすだけじゃ不十分だからな。そこまで細かくすれば大丈夫だろう」

「こ、細かく……ってそんなことをしたら」

シェラが震える声で言った。それはルウの身体が完全に消滅することを意味しているはずだった。

それなのに、リィは息絶えた相棒の身体をまるでいらないもの扱いしているのである。

「二人とも手伝ってくれ。放っておいたらこいつはまたすぐ眼を覚ます」

「それじゃあいけないのか?」

「当たり前だ。脳味噌のないまま起きあがるんだぞ。また同じことになるだろうが」

剣を腰に戻したリィは、物言わなくなった相棒の腕を無造作に摑んで引きずり起こした。

「こんなものを何度も止めるんじゃあ身体がいくつあっても足らない。第一、残しておいたらおいたで、またここの連中に利用されるだけだ」

「リィ! 待ってください! ルウの再生能力なら——脳細胞も元通りになるのでは?」

シェラは必死に食い下がった。

肉体にひどい損傷を負っても、心臓が止まってもルウは決して死んではいない。しかし、その身体を分解したりしたら——肉体を消滅させてしまったら、本当に殺してしまうことになるのではないか……。

青い顔をしているシェラに対し、リィはさっきの激しさが嘘《うそ》のように穏やかに首を振ったのである。

「シェラ。言っただろう。ルーファはもうここにはいないんだ。これはただの抜《ぬ》け殻《がら》だ。——他の誰にわからなくてもおれにはわかる」

シェラは茫然としてレティシアと眼を見交わした。はなはだ不本意だったが、今はリィよりこの男のほうがまだ理解できる気がした。

レティシアも途方に暮れたような顔をしていたが、一つ息を吐くと、リィに眼をやって念を押した。

「つまり、消したほうがいいってことなんだな?」

「そうだ」

何ともきっぱりした答えに、レティシアは諦《あきら》めて肩をすくめた。

「だとよ。お嬢ちゃん。こうなったらもう最後までつきあうより仕方がないんじゃねえの？」

シェラはきつく唇を噛《か》みしめていた。

恐怖心が消えたわけではない。

だが、ルウのことならリィがもっとも詳しいのは確かだった。

悶々《もんもん》と悩んでいる間にもリィは死体を肩に担いでその格好で堂々と部屋を出て行こうとしている。

確かにこうなっては仕方がない。シェラも慌てて後に続こうとした。

すると突然、扉が開き、銃を構えた男たちが大勢突入してきたのである。

「なんだあ？」

レティシアがわざとらしく眼を丸くした。

男たちは皆、正規の訓練を受けた軍人に見えた。

あっという間に三人をぐるりと取り囲み、銃口を突きつけてくる。両手の指でも足らない数だった。

同時に天井から声が降ってきた。

リィにとっては既に馴染《なじ》みのしわがれ声だ。

「冗談ではないぞ。余計なことをしおって！」

「それを消されてたまるものか！」

「こちらに渡せ！」

「それは我らのものだ！」

興奮して口々に叫んでいるものだから何を言っているのか聞き取りづらい。

それでも彼らが予想外の事態に激怒して、焦《あせ》っていることは間違いない。

死体を肩に担いだまま、リィはそんな老人たちに嘲笑《ちょうしょう》を返した。

「何がおまえたちのだって？」

「言ったはずだぞ。おまえの相棒などもうどこにもおらぬとな」

「素直に返したほうが身のためじゃ。おまえを殺すつもりはないが、あまりだだをこねると、多少痛い目を見てもらうことになるぞ」

この年寄りの言い分をシェラは不思議に思った。

自分たちの優位を信じて疑っていない口調だが、彼らはたった今、この部屋で繰り広げられた死闘を見ているはずである。それなのにわずか一ダースの銃口を向けただけでこちらに勝てると本気で思っているのだろうかと、思わず首を傾げたのだ。

剣技は達者でも飛び道具にはかなわないだろうと考えたとしたら、見通しが甘いにも程がある。

リィは言うまでもなく、シェラも素直に撃たれてやるほど鈍くはない。

それにもましてレティシアがいる。

認めるのは癪《しゃく》に障るが、殺気に対する反応速度は神がかりの域に達している男だ。

銃を向けた段階で軍人たちがまだ生きているのが奇跡である。本来、レティシアを撃つということは、その瞬間、その場で死を覚悟するということだ。

もちろん、シェラはそんなことを教えてやるほど親切ではなかったので黙っていたが、人の心を読む能力者がここにいるなら黙っていても無駄だろう。

リィもびくともせずに言い返している。

「そんなに欲しければ腕ずくで取ったらどうだ」

「……よかろう。後悔するなよ」

不気味な捨て台詞《ぜりふ》が終わると、武装した男たちが奇妙な行動に出た。

銃を構えたまま、いっせいに後退して、遠巻きに三人を包囲する体勢になった。

これにはシェラも眼を疑ったが、その時だ。

身体に妙な違和感を覚えた。

どこがどうとは言えない。まさしく違和感としか言いようがないものだったが、無意識に足の位置を変えようとして気がついた。

身体の自由が利かないのである。

愕然《がくぜん》とした。

自分の周りには何もないのに、何か見えない力でやんわりと抑え込まれたようだった。まとわりつくその何かを振り払おうとしたが、かろうじて指先が動いたくらいで、手も足も全然いうことを聞かない。まさに金縛り状態だった。

「な⁉」

「なんだ？」

レティシアも同じ状態に陥《おちい》っているのだろう。大きな眼を真ん丸にして驚いている。

「念動力だ」

死体を抱えたリィも厳しい表情だった。

この見えない力がリィにも影響を与えて、動きを拘束していることは明らかだった。

「ここの能力者たちがおれたちに力を集中している。――そのせいで動けないんだ」

天井から勝ち誇ったような声が降ってきた。

「素直に従っておればよいものを……。あの指輪はおまえの力を発動させる唯一の鍵じゃ。その命綱を手放した時からおまえの負けは決まっておったわ」

「愚かなり金の天使。今のおまえは何の力も持たぬただの人じゃが、おまえはまだ生かしておいてやる。おまえはまだ我らの役に立つからの。しかし、他の二人は既に用済みじゃ」

「ちょうどよいわ。おまえの眼の前で、その二人をばらばらに刻んでくれる」

「うむ。おまえには少しお仕置きが必要じゃからな。わしらに逆らうとどういうことになるか、その眼でとくと見、その身をもって思い知るがよいわ」

こちらが動けなくなったと見て取って、男たちが再び包囲の輪を狭めてくる。

彼らは超常能力の効果を知っているのだろう。三人はもはや罠に掛かった獲物も同然と侮《あなど》って、悠然《ゆうぜん》と近づいてくる。

シェラは何とかして見えない呪縛から逃れようと全身に力を籠《こ》めた。

声だけの老人たちが何者かは知らないが、ルウをこんなふうにした首謀者だ。ろくな連中でないのは確かだった。そんな思惑にはまってこんなところで殺されるのはまっぴら御免だった。

自分はそんな死を迎えるためにリィと一緒に来たわけではない。ましてこの人の足枷《あしかせ》になる自分など、断じて許せなかった。

超常能力を身体で感じたのは初めてだが、これはラー一族の魔法とは違う。同じ人間のすることだ。

そんなものに負けたくはなかった。

それなのにシェラの身体はシェラの意志に反して強ばったまま、どうしても動こうとしない。

全身の血が沸騰《ふっとう》した。激しい怒りに顔が真っ赤に紅潮するのが自分でもわかった。

レティシアも不機嫌そうに舌打ちしている。

この危機的状況にあってその反応は拍子抜けするものだったが、これは彼にしては最大級の不快感と怒りを示している。

そしてリィは気味が悪いくらい穏やかに言った。

「ジャスミン、ケリー、聞いてるか？」

つながっていた通信機から即座に声が返ってくる。

「聞いているとも」

「やばそうじゃねえか。金色狼」

「ああ。正直言ってやばいんだ。だから援護を頼む。──なるべく派手なのがいいな」

「了解」

「派手にだな？」

「そうだ。それも今すぐに」

その言葉が終わるか終わらないかのうちだった。

凄《すさ》まじい衝撃が部屋を襲った。

頭のおかしい老人たちの計算違いは拠点《ステーション》の外に陣取っていた五万トン級の外洋型宇宙船にほとんど注意を払っていなかったことだった。

無理もない。《ネレウス》は対物、対エネルギー防御を備えているし、ダイアナはミサイル発射管もレーザー砲門も巧妙に隠して、攻撃能力を持たない民間船を装っていたのである。

まさかその船が《ネレウス》の管理脳を攻略し、対エネルギー防御を無効化した上で砲撃を浴びせてくるとは──ましてや格納庫の中から戦闘機が飛び出してくるとは予想だにしていなかっただろう。

それ以上に、彼らは《パラス・アテナ》の乗員の神経と決断力を侮りすぎていたと言う他ない。

子どもたちがまだ中にいることを知っていながら、ジャスミンは一瞬も迷わず《ネレウス》に向かって二十センチ砲を発射した。

一撃では済まさない。立て続けに連射した。

あの少年たちがこのくらいで巻き添えを食ったりするはずがないと知っていたからである。

ケリーも同様にレーザーの雨をお見舞いしたが、ミサイルは撃たなかった。それでは《ネレウス》が木っ端微塵《こばみじん》になってしまうからだ。

リィの狙いは正しかった。

立っていられないほど激しく部屋が揺れた途端、身体を拘束する呪縛が緩んだのをシェラは感じた。

考えるより先に手足が動いていた。

床に倒れそうになった身体を一瞬で立て直す。

だが、シェラを包囲した男たちはそこまで慣れた身のこなしは取れない。やっと起きあがろうとした男のうち三人が偶然にも視界に入る。

その姿を眼の端に捉えた瞬間、シェラは容赦《ようしゃ》なく鉛玉を打ち込み、一撃で息の根を止めていた。

シェラの攻撃がこれほど純粋な怒りに支配されたことはあまりない。

レティシアのほうはもっと凄《すご》かった。

いったいどうやってしてのけたのか、彼が一度に倒した男の数はなんと八人。それだけの人間の首があっという間に胴体から離れていたのである。

「ふざけやがって」

吐き捨てるように言いながらレティシアは一瞬で銀線を巻き戻している。

金縛り状態が解けた一瞬にそんなものをどこからどうやって取り出したというのか、首を飛ばされた男たちは最後まで気づかなかったに違いない。

最後に残った一人を右手の一振りで片づけると、リィは部屋を飛び出した。

レティシアとシェラがすかさず後に続く。

通路を分解炉に向かって走りながらリィは叫んだ。

「足を止めるな！　また金縛りがくる！」

「走ってりゃあいいのかよ！」

「たぶんな！」

心許ない答えだが、リィには確信があった。

拠点《ステーション》をちょっと揺らしてやっただけでこちらを縛る力が緩むのだ。

自分と違って、能力の制御《コントロール》にはそうとう微妙な操作が必要と思って間違いない。

応接室に三人が揃《そろ》ってから力が来るまで結果的にかなりの時間があったことを考えると、さらに今は平気で走っていられるところからすると、最初から応接室に力の『照準』を合わせており、そう簡単に照準の変更はできないと見るべきだろう。

加えて、あの能力者たちには自らの意志がない。

当然、判断力も決断力もない。

指示がなければ何もできないのだ。

「彼らには考える頭がない！　速く動けば動くほど狙いはつけにくくなるはずだ！」

「じゃあ、あんたの抱えてる死体はどうなんだよ！　脳味噌ないくせに恐ろしく速かったぞ！」

「当たり前だ！　人間の能力者とはわけが違う！」

人ひとりを担いで走っているのに、リィの脚力はまったく鈍らない。

通路の天井からまた老人たちの声が降ってくる。

「させぬぞ！」

「それを渡せ！」

その声に呼応するように、再び武装した男たちの一団が通路に現れて行く手を塞《ふさ》いだ。

一糸乱れぬ構えで銃口を向けてくる。

今度は威嚇《いかく》などではない。問答無用で撃ってくる態勢だったが、これがリィの怒りに火をつけた。

何と抱えていた荷物を男たちに投げつけた。

視界を遮《さえぎ》る形で死体が投げつけられたものだから、男たちもぎょっとした。

その陰から金色の獣《けもの》が跳び、右手の剣が抜く手も見せずに男たちに襲いかかった。

「まったく次から次へと……。おれはただ不要品を捨てたいだけなんだ！　邪魔はするな！」

足だけは言われたとおり動かして敵を倒しながら、シェラは思わず涙しそうになった。

確かに今は死体だが、そこまで粗末に扱っていいものかという気持ちがふつふつと湧き上がってくる。

レティシアも先程と同じように見事に銀線を使い、リィを援護したが、やっぱり眼を丸くしている。

「ある意味正しいんだけどよ。ちょっとあんまりな言いぐさに聞こえるのは気のせいかね？」

自らがこしらえた大量の死体と生臭《なまぐさ》い血の臭《にお》いの中で死神が首を捻っている。

この男に言われてはおしまいだが、リィは構わず、再び死体を担いで走り出した。

三人の位置を示す発信機が動き出したのを見て、ケリーはひとまず息を吐いた。

しかし、通信機から聞こえてきた会話を聞く限り、安心するにはほど遠い状況である。

「……彼は本当に天使さんの身体を処分してしまうつもりなのかしら？」

ダイアナまで心配そうに青い眼を曇らせていたが、ケリーは笑って請け合った。

「大丈夫だ」

クインビーの操縦席からジャスミンが尋ねてくる。

「何故そう言いきれる？」

「俺たちにはわからないことでも、あの金色狼にはわかるからさ。——大丈夫。天使は死なねえよ」

ケリーの琥珀《こはく》の眼も口調も確信に満ちているが、女性二人は通信画面越しに思わず顔を見合わせた。

「何だか意味深だわね？」

「うむ。妻としては少々複雑な心境だ」

「馬鹿言ってないで用心しろよ。そろそろだぞ」

まさにその時、ダイアナが指摘した。

「座標Ｂ１１９、及びＢ１３４に駆動機関《ドライヴ》反応！　来るわよ！」

《パラス・アテナ》と《ネレウス》の間に割り込むように出現したのはやはりウェルナー級戦艦だった。二隻並んでのお出ましである。

ここまでは予想通りだったが、続いてもう一隻、跳躍してきた。しかし、これは型が違う。

戦闘機を搭載しているグレンサー級空母だった。さらにその護衛艦が二隻。

閑散としていた宙域はたちまち物騒な戦闘宙域へ様変わりしたのである。

この物々しい布陣にケリーは思わず舌打ちした。

「惜しげもなくよく出してくるもんだぜ……」

二隻のウェルナー級戦艦は《パラス・アテナ》に一斉砲撃を浴びせてきた。

戦艦が装備しているのはクインビーの二十センチ砲より遥《はる》かに強力な五十センチ砲である。

直視したら眼を焼くような光線の束が宇宙空間を切り裂いて伸びる。

ケリーは機動性を生かして光線と光線のわずかな隙間に逃げ込んだ。それでも操縦席がびりびり振動するほどの凄まじい衝撃だった。かすっただけでも《パラス・アテナ》は壊滅的な損傷を負うだろう。

だが、この船はただの船ではなかった。

共和宇宙最高の頭脳とも言うべきダイアナがその叡智《えいち》のすべてを注ぎ込んで完成させた船——かつて海賊王《キング・オブ・パイレーツ》とまで呼ばれた操船力を誇る男の船だ。

ケリーは自分の技倆を知っていた。

他の誰より、この船の能力を知っていた。

たとえウェルナー級二隻が相手でも、負ける気はさらさらない。

厄介《やっかい》なのはグレンサー級のほうだった。

でかぶつの空母はともかく、そこから発進される戦闘機の群を相手にするのは少々きつい。

海賊時代はこんな相手に出くわしたら足にものを言わせて逃げていた。それが最善の方法でもあるが、今は逃げるわけにはいかない。

しかし、敵にはそんな事情はわからないはずだ。

そこで第一撃を躱《かわ》したケリーは、わざと戦艦から離れる軌道で船を急発進させた。恐れを成して逃げ出したように見えるのを承知の上での操船だった。

ウェルナー級戦艦はミサイルを発射してきたが、《パラス・アテナ》には優秀な対物防御がある。

ミサイルは《パラス・アテナ》の船体に到達する遥か手前で爆発した。

見た目通りの民間船ではないと悟ったのだろう。

狙い通り、戦艦が一隻、後を追ってきた。

ウェルナー級戦艦は桁外《けたはず》れの攻撃力と、あらゆる攻撃を無効化する防御力の他に、高速船にも引けを取らない足を持っている。まさに無敵の艦なのだ。

こんな恐るべき相手に狙われた以上、ちっぽけな《パラス・アテナ》に残された手段はこの宙域から跳躍して逃げることだけだ。それはさせまいと――その前に破壊してくれると戦艦は考えたのだろうが、《パラス・アテナ》から見れば、戦艦のこの行動はまさに飛んで火に入る夏の虫だった。

ケリーの必殺技であるリミッター解除を使うには、なるべく開けた宙域が望ましいのだ。戦闘機の群の中では衝突する恐れがあるのである。

充分に距離を取ったところで反転、リミッターを解除する。

その一瞬、《パラス・アテナ》の姿はウェルナー級軍艦の探知機では決して捕捉できないものになる。

逆にケリーの視点からは無敵を誇る艦が止まっているようにしか見えなくなる。

無論これは『止まっているように見える』だけで実際には《パラス・アテナ》は戦艦の倍近い速度を出している。一つ間違えば正面衝突してもろともに散ることになるが、ケリーはこの離れ業を駆使して今日まで生き抜いてきた男だった。

常人には決して到達できない速度の中、ケリーはウェルナー級戦艦の対エネルギー防御内に飛び込み、すかさず動力部を狙い撃った。

たいていの艦なら木っ端微塵になるところだが、さすがに頑丈な図体《ずうたい》をしているだけあって一撃では沈められない。それでも船体に大穴が空いた。

続いて発射したミサイルをその大穴に命中させて、まずは一隻をきれいに片づける。

あっという間の、鮮やかな撃沈劇だった。

一方、戦闘機の群はジャスミンが引き受けていた。

空母から次々発進した戦闘機はすべて合わせると百機を越えるだろう。普通ならたった一機で、この大軍に立ち向かえるわけがない。

だが、ケリーが海賊王なら、ジャスミンはかつて魔女とも雌虎《タイガリス》とも賞賛された撃墜王《エース》だった。

しかも、現在ジャスミンが駆使するクインビーは二十センチ砲を装備している。

敵戦闘機が集団で向かってくるのをいいことに、ジャスミンはその大砲をぶちかまし、雲霞《うんか》のような戦闘機の群を薙《な》ぎ払った。

とてもとても戦闘機の戦法ではない。

それこそ空母を護衛する戦闘艦のすることだ。広範囲を狙った光線は一度に二十機以上を撃墜し、生き延びた機は蜘蛛《くも》の子を散らすように散開した。その動きを見てジャスミンは眼を見張った。

感心したからではない。その逆だ。

あり得ない違和感を感じたのだ。具体的に言えば、この戦闘機には人間が乗っていないと直感した。

人間が操縦しているものならば、その動きに必ず何らかの感情が投影される。

この場合は驚き慌てる様子が、もしくは恐怖心がそのまま機体の動きに現れなければおかしいのに、それがまったく感じられない。

ただ、決められた通りの回避行動を取り、態勢を整えて、再び隊列を組んで接近してくる。

ジャスミンは思わず苦笑していた。

こんな機械仕掛けの玩具《おもちゃ》などでこのクインビーを片づけられると考えたのだとしたら、ずいぶん甘く見られたものである。

懲《こ》りることを知らない戦闘機群に、ジャスミンは再び二十センチ砲の洗礼をお見舞いした。

しかし、戦闘機群も引き下がりはしない。

ミサイルの大軍がクインビーに対して発射された。

このミサイルには敵の攻撃を躱す回避行動能力と防御装置が備わっている。もちろん目標を固定して半永久的に追尾する能力もだ。従って、一度これに狙われたら決して逃れられない。

クインビーの弱点は防護力が高くないことだ。

ミサイルはおろかレーザー砲がかすっただけでも機体は砕け、ジャスミンの命はない。何しろこれを開発した当時のクーアの技術者たちがクインビーに贈った輝かしい愛称は『空飛ぶ棺桶《かんおけ》』である。

まともな神経の持ち主であれば絶対にこんな機の操縦席には座れないと言うのだ。

しかし、その代わり加速能力と旋回性能において、クインビーは現行のどんな戦闘機にも勝《まさ》っている。

加えて空中戦におけるジャスミンの状況判断力と射撃能力、何より手足のように自在に機体を操ってみせる能力は、かつて連邦軍の猛者《もさ》たちがこぞって吐息を洩らして見惚《みほ》れたほどの代物だ。

迫り来るミサイルの雨に対し、ジャスミンは何とその雨の一粒一粒を端から迎撃して見せたのである。

手動で狙っているとは信じられない速さだった。

たった一機の赤い戦闘機が機械仕掛けの戦闘機をどんどん追いつめていく。

戦艦を一隻片づけたケリーが声を掛けてきた。

「そっちはどうだ、女王？」

「ああ、みんな無人機だからな。手強くはないが、少々面倒くさい」

「待ってろ。大元を叩いてやる」

無人機ということは、その操作をしている空母を破壊すれば動かなくなる可能性は充分にある。

《パラス・アテナ》はグレンサー級空母に迫ったが、当然その護衛艦が猛烈に抵抗してきた。

さらにもう一隻のウェルナー級戦艦が《パラス・アテナ》を狙って一斉砲撃を浴びせてくる。

簡単には叩かせてくれない気配だった。

二隻の護衛艦と戦艦を相手に、その奥に守られた空母を叩くのは少々手間が掛かる。

「悪いな、女王。もう少し蠅《はえ》叩きを続けてくれ」

「面倒なんだがな……」

ため息を吐きながらもジャスミンは見事な連射でミサイルを撃ち落とし、敵機を撃墜している。

「この機はみんな無人機なんだから、いっそのことダイアナに操ってもらうわけにいかないか？」

「今のわたしはケリーの操縦に応えるので精一杯よ。そんな余計な作業はそれこそ面倒くさいわ」

「では、急いでくれ。さもないと、こっちの蠅叩き作業が終わってしまうぞ」

「いくら何でもそんなには待たせねえよ」

「そうか？　それならどっちが早いか競争しようか。わたしが残りの戦闘機を片づけるのが先か――」

「俺が空母と護衛艦、ウェルナー級を片づけるのが早いかだな。――いいだろう、乗ったぜ」

実に楽しげな夫婦の会話だが、よくよく考えれば（考えるまでもなく）何とも物騒なやり取りだった。

リィたちは分解炉にたどり着いていた。

途中で何度か邪魔が入ったものの、それはみんな武器を持った男たちだった。

物理攻撃なら――ましてこんな狭い通路での接近戦なら、相手が機関銃で武装していようが彼らには脅威でも何でもない。

片っ端から撃退して脇目もふらずに突進した。

リィが言ったように超常能力による妨害は一度もなかったが、それもいつまで保つかはわからない。

彼らが分解炉に着いた頃には手持ちの兵隊が底を突いたらしく、興奮しきった老人たちの絶叫は手がつけられないものになっていたからである。

「やめろ！　やめぬか！」

「この痴《し》れ者め！」

「何をしておるかわかっておるのか！」

「相棒を殺す気か！」

この非難にリィは平然と言い返した。

「殺したのはおれじゃないぞ。おまえたちだ」

半狂乱の喚《わめ》き声がさらにやかましくなる。

げんなりと耳を押さえたレティシアが男たちから取り上げた機関銃を天井に向けて撃ちまくった。

その銃弾が拡声器《スピーカー》と撮影機《カメラ》を偶然破壊したようで、やっと鬱陶《うっとう》しい声が聞こえなくなった。

分解炉が設置されていた場所は炉という言葉とは裏腹に、ごく普通のがらんとした部屋に見えた。

ダイアナが指摘したように大きな宇宙拠点《ステーション》では、ここで簡易の葬儀《そうぎ》を執り行うこともある。

そのため、清掃も行き届いているが、突き詰めて言ってしまえば塵捨て場だ。

肝心の分解炉は大きなものでも処分できるように見上げるような両開きの扉がついている。

この中に不要なものを入れて開始の作業を行えば、跡形もなく消えてなくなる便利な仕組みだ。

死体を一度床に置いたリィを見て、レティシアが言った。

「代わるぜ」

「いや、いい。おれがやる。——とっとと済ませてここから逃げよう」

ここが本来正式の宇宙拠点《ステーション》なら脱出艇の設置が義務づけられているはずだ。それを使ってひとまず外の宇宙空間に逃れようとリィは言った。

「けどよ、外は外でどんぱちやってるみたいだぜ。のこのこ出て行ったりして大丈夫かよ」

「ジャスミンとケリーならすぐに片づけるはずだ。戦闘宙域に突っ込むのは危険だろうが、この近くに浮かんでいれば回収してくれる」

ここまで来ても、シェラはまだこれでいいのかと恐ろしく思っていた。

言うまでもないことだが、人間は死んでしまえばそこまでである。

その亡骸《なきがら》は故人に対する周囲の人の感傷を除けば、単なる物体に過ぎないとシェラは思っている。

ただし、これはあくまで普通の人間の場合だ――ルウ以外の人の話なのだ。

それなのにリィは分解炉の二重扉を開け放つと、至って無造作に死体を中に放り込んだ。

扉を閉めて必要な操作をする。

作業開始の合図から実際に炉が始動するまで少し時間が掛かったが、それで終わりだった。

ルウの死体は呆気なく原子に還《かえ》ったのである。

シェラは動けなかった。

言いようのない脱力感に捉えられていたのだが、リィはあっさり言った。

「行くぞ。ぐずぐずしてたらまた金縛りが来る」

脱出艇はすぐに見つけることができた。

もともと目立つように表示されているものだし、どんな素人《しろうと》でも操作できるようになっている。

非常時に一般人を避難させるためのものだから、素人に使えないのでは意味がないのだ。

極端な話、安全装置を解除して扉を開け、艇内に指示してあるとおりに手順を踏んで艇の感応頭脳を起動させ、人数を告げて発進の指示と確認を行えば、後は艇が勝手に動いてくれる。

ダイアナに比べたら赤ん坊のような感応頭脳が、たどたどしく問いかけてきた。

「避難する・乗員は・三人で・よろしいでしょうか。よろしければ、確認を・お願いします」

「二人だ」

リィが言った。

「おれは残ってあいつらを片づける」

「――リィ！」

シェラが悲鳴を上げた。

「それならわたしも残ります！」

「無茶言うな。相手は超常能力を使ってくるんだぞ。残ったところでおまえの戦える場所じゃない」

「あなただってあの指輪がないのに！」

条件は同じはずだった。

この人を残して逃げられるはずもなかった。

「心配ない。むしろここから先はおれ一人のほうが都合がいいんだ。——先に行って待っててくれ」

「いいえ、いやです！　わたしも一緒に！」

必死に食い下がるシェラに対し、リィはにっこり笑って言ったのである。

「シェラ。おれは必ず戻る。約束する」

「……………」

「信じられないか？」

この人が約束を破ったことは今まで一度もない。

それでも離ればなれになるのはいやだった。

ましてやこの人を危地に残して自分だけが安全な場所に逃げるのは、シェラのような生き物にとって耐え難いことだった。

同時に、この人の言葉を信じないのもシェラにはあり得ない選択だった。


固まってしまったシェラの肩をレティシアが掴む。

「ご主人さまを困らせるんじゃねえよ」

その手を振り払い、リィの顔をひたと見つめて、シェラは言った。

「——きっとですよ」

「ああ。きっと戻る。——ルーファも一緒にな」

シェラは思わず問い返そうとしたが、その時には脱出艇の扉が閉まっていた。


二人を乗せた脱出艇が宇宙空間にすべり出たのを確認すると、リィは踵《きびす》を返した。

この呪わしい拠点《ステーション》もあの頭の狂った老人たちも、どう考えても野放しにはできなかった。

立体映像でしか姿を見せなかったことを考えると、老人たちはここにはいないのかもしれない。

しかし、あの卵形の容器は間違いなくここにある。

超常能力というものは対象が近くにあるほど強く作用するものだからだ。

念動力を使ってリィを捕らえようと企んだものの、能力者はこの中から動かせない。だから、わざわざ呼びつけたと考えるのが自然だった。

この拠点《ステーション》はちょっとした街程度の広さがある上、迷路のように入り組んでいる。

闇雲に探し回っても見つけるのはまず不可能だ。

もう一度、通信機でダイアナに尋ねようとしたが、何故か通じなくなっている。外は今戦闘宙域だから、その影響かもしれなかった。

あくまで足は止めずに軽く走りながら、分岐点の表示の中にそれらしいものはないかと探していると、懲りない連中がまたも行く手に現れた。

手持ちの兵隊は使い果たしたものと思っていたが、まだどこかに残していたらしい。

「止まれ！　撃つぞ！」

言われて止まってやるほどリィは親切ではないが、ちょっと逡巡《しゅんじゅん》したのは確かだった。

わざと捕まって研究室まで案内してもらおうかと考えたのだが、この連中を叩きのめして問い質したほうが早いと思い直した。

逆に一気に速度を上げた。

リィの姿はさながら金色の疾風と化した。

常軌を逸した速度で迫った相手に男たちはまるで反応できなかった。

捕捉していたはずの標的を見失って一瞬絶句し、慌てて狙いをつけ直そうとした時は既に懐《ふところ》にまで飛び込まれていたのである。

その場にいた三人をあっという間に当て落として、一息つくと、リィは一人の襟首《えりくび》を捕まえて引きずり起こした。

その時だった。少し離れたところで悲鳴がした。

はっとして振り返ると、通路の陰からもう一人の男が肩を押さえて転がり出てきた。

特殊な鏡で狙いをつけて、自分は姿を隠したまま、リィを撃とうとしていたらしい。

どこからともなく忽然《こつぜん》と現れて、その男を倒したリィの味方は思いもよらない姿をしていた。

均整の取れた姿は全身真っ黒な毛皮に覆《おお》われて、四本の足で床に立ち、長い尾を悠然と振っている。

この生き物を人が見たら黒豹《くろひょう》だと言うだろう。

獣にやられた男は何か喚きながら、傷ついた腕で銃を取り直した。もちろん獣を撃とうとしたのだが、その前にリィが距離を詰めて一撃で昏倒《こんとう》させた。

リィは驚きを隠せない顔で獣を見ていた。

黒い毛皮の生き物も青い眼でリィを見ていた。

ラー一族のデモンが時々好んでこんな姿を取るが、これは彼ではない。そしてもちろん相棒でもない。

黒い獣は恐れる様子もなく、しなやかな足取りで、棒立ちになったリィの足元まで近づいてきた。

嬉しそうに身体をすり寄せてくる。

大型猫科動物は家猫と違って喉《のど》は鳴らせないのに、まるで仔猫のようにごろごろ言いそうな雰囲気だ。

それを見つめるリィの表情は硬かった。

事態は予想以上に深刻だったことを、今、知った。


なめらかな黒い毛皮に優しく指を這《は》わせながら、リィは沈鬱《ちんうつ》な面持ちで呟《つぶや》いたのである。

「……全部は戻れなかったんだな」

あらためて怒りが湧き上がってくる。

自分を見上げる獣の眼をまっすぐに見つめ返して、リィは人ならぬ相手に言い聞かせるように断言した。

「実験に使われた人たちを解放して、あのふざけた年寄りどもを片づけて、この拠点《ステーション》を叩き潰《つぶ》すぞ」

もちろん答えは返ってこない。

しかし、黒豹はリィの言葉を聞き分けて、リィと並んで走り出した。どこへ向かえばいいのか、この獣は知っているようだった。

足取りも軽く右に左に通路を曲がる。

その横を走るリィは自分では考えなかった。

黒い獣が行こうとしている方向に進むだけだ。

別々の足で走っていながら、人と一匹は一瞬も立ち止まらなかった。まるで一つの生き物のように足並みを揃えて、風のように通路を走り抜けた。

周囲の雰囲気はたちまち研究区画へと様変わりし、やがて獣は一枚の扉の前で足を止めた。

入るには認証が必要な扉だが、何故かすんなりと扉は開いて、リィと獣は中に踏み込んだ。

そこは天井の丸い真っ白な空間だった。

あの聖堂の部屋に似ているが、あれほどの広さも奥行きもない。

壁の質感はあの時の実験室の映像によく似ており、正面にもう一枚の扉がある。

つまりここは控えの間ともいうべき空間らしい。

中を突っ切って正面の扉に向かおうとしたリィは、身体に違和感を感じた。

見えない何かが文字通り『足を引っ張って』いる。

リィが意識して足を止めると、どこからともなく勝ち誇った老人たちの声が響いた。

「わざわざ来てくれるとは、ご苦労なことじゃ」

「馬鹿めが。もう動けまい」

「そこはな、能力者たちの力がもっとも濃縮される場所の一つなんじゃよ」

「じっとしておれ。すぐに捕らえてくれるわ」

しかし、リィは黒い獣の身体に片手で触れながら皮肉に笑った。

「無駄だ。もう効かない」

力を集中させられているのは感じるが、さっきと違って無様に縛られはしない。

獣と一緒にすたすた歩いて反対側の扉を開ける。

そこにあの光景があった。

無機質な壁と通路、ずらりと並んだ卵形の容器、意志も自由も自我も奪われてその容器《いれもの》につながれて、なお『生かされて』いる人々。

だが、扉を開けて真っ先に見えたのは、こちらに向かって来ようとする白衣の男たちだった。

全部で五人いた。それぞれ妙な道具を持ち、何か検査機のような移動式の機械をたくさん従えている。

彼らは老人たちの指示に従って、今まさにリィを捕らえに向かうところだったらしい。

罠に掛かって身動きできないはずの獲物が悠然と自分の足で歩いて来たものだから、白衣の男たちは仰天《ぎょうてん》した。

「馬鹿な！」

「なぜ動けるんだ⁉」

慌てふためいて逃げようとしたが、金と黒の獣の前でこの行動は無謀と言う他なかった。

一人と一匹はあっという間に男たちに追いすがり、端からその場に薙《な》ぎ倒した。

リィは手近の二人を殴り倒しただけで済ませたが、黒い獣は違った。残りの三人に次々に飛びかかって、みんな頸椎《けいつい》を狙って一噛みで噛み殺した。

情状酌量の余地はないということだ。

してみるとこの男たちは無理やり働かされていたわけではないらしい。

獣の素振りを踏まえた上で、リィは自分が倒した一人の襟首を摑んで詰問した。

「この容器を管理している制御装置はどこだ？」

男は蒼白になって、がたがた震えていた。

科学者などという人種は——特に違法な超常能力開発研究なんかに喜んで携《たずさ》わるような人種は他者の痛みがわからないと、リィは以前の自分の経験から知っている。

実験材料にはどんな酷《むご》い真似も平気でやるくせに、自らの痛みにはあっけないほど脆《もろ》い連中なのだ。

この男もその例に漏れなかった。

おまけに牙から血を滴らせた獣がすぐ傍《そば》で獰猛《どうもう》に唸っているのである。耐えられるわけがなかった。

実験室の隣に制御室があって容器の管理はすべてそこで行っているとあっさり白状した。

用済みになった男の処置をどうするか、ちょっと思案したが、獣は一瞬も迷ったりしなかった。

他の男たちと同じように一噛みで噛み殺した。

断じて生かしておけないという強い意志を感じて、リィはなだめるように獣を撫《な》でてやったのである。

「——そうだな。ここで終わらせよう」

獣を連れて制御室に駆け込むと、ここにも白衣の男たちがいた。

黒い獣はその連中もあっという間に蹴散らして、男たちが健気にも守ろうとしていた複雑な制御盤に前肢を突いて、リィを見上げてきた。

リィには機械の知識はほとんどない。

ましてやここにあるのは専門の科学者でなければ扱いかねるような装置である。こんなものを見てもちんぷんかんぷんのはずだったが、左手で獣の首を抱くようにしながら、右手を制御盤に伸ばした。

しかし、これでは片手しか使えない。

「——もう少し小さくなれるか？」

尋ねると、獣はリィの肩にひょいと前肢を置いて飛びかかってきた。

こんなものが伸《の》しかかってきたらその重量に押しつぶされてしまうところだが、肩に飛び乗ってきた黒豹はもう黒豹ではなかった。

十分の一以下の大きさになっていた。

顔つきも全然違う。

縦長だった顔は丸く可愛らしくなり、耳も大きな三角形になっている。

どこから見ても黒猫である。

リィの肩の上に器用に立って、猫は小さくなった顔をリィの頬にすり寄せてきた。

今度こそ本当にごろごろ喉を鳴らしていた。

ちょっと笑ってその喉を優しく撫でてやる。

身体のやわらかさも毛皮の感触もさっきまでとは全然違っているが、リィにとっては同じ生き物だ。

肩にかかる軽い重みを快《こころよ》く感じながら、リィは本格的に制御盤に取りかかった。

能力者たちの力を集中させたり、その力の目標を変更したりする発動装置には眼もくれない。

ただ、彼らの生存を左右する容器への酸素供給や養分を提供する命綱《ライフライン》の部分に手を掛けた。

制御室に老人たちの絶叫が響き渡る。

「よせ！　何をする！」

「人でなし！　何という残酷なことをするのじゃ！

彼らを殺す気か！」

リィは呆れて言い返した。

「おまえたち、残酷の意味を知ってるのか？」

老人たちには黒い獣の姿は見えないようだった。

これが見えていたら黙っているわけがないからだ。

彼らにはリィが一人でやって来て容器の命綱《ライフライン》を絶とうとしているように見えているのだろう。

「やめろ！　やめんか！　人殺しめ！」

「だから意味がわかって言ってるのか？　人殺しはおれじゃない。おまえたちだ」

てきぱきと手を動かしながらリィは言った。

「こういう状態を生きているとは、おれは言わない。——おまえたちがこの人たちを殺したんだ。だから、おれが彼らの魂を解放してやる」

「詭弁《きべん》を弄《ろう》すな！　彼らはまだ生きているぞ！」

「彼らの脳はまだ活動を続けている！　脳死状態に陥らぬ限り、人は死んだとは言わぬのじゃ！」

リィは呆れるのを通り越してほとんど感心した。

よくもまあ恥ずかしげもなく言ってのけるものだ。

この連中には神経というものがないらしい。

「やっぱり、頭のいかれた連中と話そうとしたって無駄だってことか……」

肩に乗っている猫が同調するように低く鳴いた。

すべての命綱《ライフライン》が止められる。

不自然な形で生かされていた標本が死に至るにはそれで充分だった。

ひときわけたたましく絶望的な悲鳴が響いたが、その時にはリィはもう制御室を飛び出していた。

リィの肩から飛び降りた黒猫は一瞬で再び黒豹に変じている。

大きな身体でリィの前に立ち、案内をする格好で、今度は中央管制室に走った。

先程の容赦ない砲撃の影響もあって、既に内部はだいぶざわついている。

一度も邪魔に出くわすことなく中央管制室のある

区画に入ったが、ここで予想外の相手に出くわした。

たった一人で、丸腰で、意を決したように通路に現れた人を見て、リィも獣も足を止めた。

アーヴィンは見えないはずの眼を精一杯見張って、黒い獣を見つめている。

「それは……何です？」

「何に見える？」

アーヴィンは応えない。病的な顔をなお青くして肩で大きく息をしている。

失った視力の代わりに精神感応力で対象を捉えるアーヴィンには、この獣はよほど不可思議な存在に映るらしい。

再び黒豹の姿に戻った生き物も、青い眼でじっとアーヴィンを窺《うかが》っている。

そんな獣を撫でてやりながらリィは訊《き》いた。

「おれと立ち話なんかしているところを見られたらまずいんじゃないのか？」

「いえ……この一角は向こうには見えません。そう細工してきました」

リィにもわかっていた。

何の目的があって姿を見せたか知らないが、この男からは敵意も作意も感じない。

それでも、リィは厳しい表情を緩めなかった。

「情報局長官の思考を読んであの年寄りどもに告げ口したのはおまえだな」

「…………」

「おれの同級生の思考を読んでジャスミンに狙いをつけるように言ったのもおまえだ」

「…………」

「おれに何の用だ？」

アーヴィンはますます苦しげに息をしていた。

相手は小さな少年なのに、向き合っているだけで圧倒されるらしい。大いに躊躇《ちゅうちょ》し、怯《ひる》みながらも、しかし早口で一気に言ってきた。

「あの指輪は担当者に渡しました。C41区画です。こちらの通路から行けば十分ほどで行けます」

「――で、ですから、それは何です⁉」

「説明が必要か？」

リィは獣と一緒に進み出ると、アーヴィンの顔を覗《のぞ》き込み、空いた手の指先で相手の額に軽く触れた。

次の瞬間、リィのその手は親指と人差し指の間に、短くて太い針金のようなものを摘《つま》んでいた。

アーヴィンの眼の前でその針金が砕け散る。

「発信機も兼ねるとは優秀な爆弾だな。これであの連中に逆らっても、おまえの頭が破壊されることはない。おまえの居場所が突き止められることもだ」

アーヴィンは声もなかった。

床に散らばった針金の名残を茫然と見つめていた。

あまりにもあっけなく散ったそれは本当にたった今まで自分の脳内に埋め込まれていた呪縛なのか、その呪縛から本当にこれで解放されたというのか、咄嗟《とっさ》には信じられない様子だったが、リィの言葉に嘘がないことはわかったらしい。

「……あなたは？」

「それを言いに来たのか？」

「……必要なものでしょう？」

「いや、いい。時間がもったいない」

首を振って、リィは少し表情を緩め、あらためてアーヴィンを見た。

「あんな連中に従っている理由は何だ。自分の身の安全か、それとも身内か恋人か？」

アーヴィンはやはり黙っていた。

しかし、リィは呆れたように言っていた。

「頭の中に爆弾？　なるほど。いかにもあの連中のやりそうな下劣な真似だ」

普段はほとんど表情を変えないアーヴィンの顔が驚愕に凍りついた。

「今は、能力は使えないはずなのに……」

「そうとも。おれ一人ならな」

リィの片手は依然として黒い獣に触れている。

「これはどうやら、おまえのことは助けたいらしい。見逃してやるからとっとと逃げろ」

「この拠点《ステーション》を始末する。本当はあの年寄りどももまとめて絞めたいところなんだが……」

「彼らは——ここにはいません」

「知ってる」

「…………」

「名前もどこにいるかも知ってる。だからいつでも殺してやれる。取りあえずこの拠点《ステーション》が先だ」

そんな情報をどこから得たかと言えば、他ならぬアーヴィン自身の心からだ。

リィは初めて相手の顔を見つめて微笑した。

「本当はそれを言いたかったんだな？」

「あなたなら、あの指輪があれば……彼らを倒してくれると思ったのです」

自分にはできなかったから——と悄然《しょうぜん》と続けて、アーヴィンは深々と頭を下げてきた。

「実験室のこと……皆に代わってお礼を言います。皆を解放してくれて、ありがとうございました」

言われたとおり脱出艇に足を向けたアーヴィンの背中にリィは声を掛けた。

「もし、おまえと同じような人を他に見つけたら、その時は知らせに来い」

意志を残しながら彼らに使役されている能力者を、アーヴィンは自分の他に一人も知らない。

だからといって他にいないとは言いきれない。

アーヴィンが知らないだけで、他にも同じ立場に置かれている能力者がいるかもしれないのだ。

振り返ってリィを見たアーヴィンもまた、初めて微笑を浮かべていた。泣き笑いのような顔だった。

「そうならないことを願っています」


アーヴィンを乗せた脱出艇が離れるのを確認してリィは中央管制室に乗り込んだ。

この拠点《ステーション》の心臓部とも言うべき中央管制室にはさすがに厳重な認証が掛かっている。

リィ一人ならやはり歯が立たなかっただろうが、今は隣に黒い獣がいる。

その身体に触れるだけで、自分の知らない知識や今は使えない能力が流れ込んでくる。

個体情報識別装置をも難なく騙して中に入ったが、無論、用心は怠《おこた》らない。

今の自分は多少の反則技を使えるが、あの指輪が右手にある時とはわけが違う。

もともと自分は斬られれば血が流れ、身体が傷む。心臓が止まれば、そこで終わりになってしまう。その辺が肉体を持つ自分の限界であり、強みでもあるとリィは思っていた。

今までもっとも激しい抵抗を予想していたが、意外にも管制室の中は無人だった。

リィの表情が険しくなる。

これはおかしい。

こんなことは普通ならあり得ない。

管理脳が拠点《ステーション》のすべてを仕切っているとは言え、その管理脳を監査する立場の人間が必ずいるはずだ。

黒い獣が制御盤を覗き込んで獰猛に唸った。

言葉は通じなくても、その意味は明らかだった。

操作できない状態になっているというのである。

「金の天使よ……」

再びどこからともなく老人たちの声が聞こえたが、その口調は今までのものとは一変していた。

ひどく疲れ果てたような、絶望的な呪いに満ちた声だった。

「ようもやってくれたものだな……」

「おまえのおかげでわしらの研究は大幅に後退した。この礼はせねばなるまい……」

「おまえも道連れにしてくれるわ」

老人たちの声が途絶えると同時に《ネレウス》の究極とも言うべき仕掛けが作動し始めた。

11

最初に異変に気づいたのはダイアナだった。

「――《ネレウス》が自爆するわ!」

ケリーもジャスミンもぎょっとして探知機を見た。

その時、怪獣夫婦は賭がどちらの勝利で終わるか、最後の大詰めを競《きそ》っている最中だった。

ジャスミンはあくまで抵抗を続ける最後の五機を撃墜する機会を狙っているところであり、ケリーも既に空母と護衛艦を片づけていた。

残すはウェルナー級一隻である。

そのため《パラス・アテナ》は惑星グールーから大きく離れた軌道を高速で飛んでいた。

この状態でダイアナが自爆信号《シグナル》を拾えたのは運がよかったと言うべきだろうが、既に猶予《ゆうよ》はない。

「自爆装置作動まで残り五分!」

「ちいっ!」

ケリーは舌打ちして速度を上げた。

リミッター解除を使うには後続との距離をもっと開ける必要があったのだ。

だが、もう一隻があっさり撃沈されているだけに、ウェルナー級戦艦もそう簡単には離されない。

《パラス・アテナ》に対してミサイルの雨を降らせ、さらに五十センチ砲の一斉砲撃を浴びせかけながら、その性能を遺憾《いかん》なく発揮してぴったりついてくる。

最強の攻撃力を誇る艦に得意な態勢を取られては、逃げる《パラス・アテナ》は明らかに不利だ。

いつか捕まるのは眼に見えている。

やむなくケリーは加速しながらリミッターを解除、その状態で反転した。旋回性能の限界に挑むような無謀な真似だが、無茶は海賊の専売特許である。

自分を狙うミサイルとすれ違ってウェルナー級の懐《ふところ》に一気に飛び込めば、後はケリーの独擅場《どくせんじょう》だ。

ウェルナー級戦艦は自分の放ったミサイルの雨をまともに食らって宇宙に散ったのである。

ほぼ同時にジャスミンも残り五機を片づけていた。

二人は機首を並べて《ネレウス》に直行したが、いかんせん残り時間が少なすぎた。

今からでは《パラス・アテナ》が《ネレウス》に連結《ドッキング》して彼らを収容する余裕はない。

それがはっきりした時点でケリーは逆に減速した。

ジャスミンも同様にして、《パラス・アテナ》の陰に隠れるように機体を置いた。自爆の衝撃に巻き込まれることを避けるためだ。

ジャスミンが自分に言い聞かせるように言う。

「大丈夫だ。あそこには充分な数の脱出艇がある。あの少年たちが自爆に巻き込まれたりするものか」

その点はケリーも同意見だったが、救助するにも彼らの位置を確認しておく必要がある。

「ダイアン、金色狼はどこだ？」

「今探してるわ。残骸が多すぎて摑みにくいのよ」


あれだけ派手な戦闘をやらかしたのだ。

《パラス・アテナ》とクインビーが倒した宇宙船の残骸がこの宙域には無数に漂っている。

流れ弾が《ネレウス》を襲った恐れも充分あるとケリーもジャスミンも危惧《きぐ》していたが、幸い、その心配は杞憂《きゆう》だった。《パラス・アテナ》の操縦室にリィの声が届いたからだ。

「……ケリー、ダイアナ。聞こえるか？」

「ああ、聞こえるぜ。しぶとく生きてたな」

「……当たり前だ。そっちはどうなった？」

「順調だぜ。でかいのが何隻もお出ましになったが、きれいに片づけたところだ」

リィはもう避難したものと思ってケリーは軽口を叩いていたのだが、ダイアナがそれを遮《さえぎ》った。

驚愕《きょうがく》の顔つきで指摘した。

「この位置、まだ《ネレウス》の中よ！」

ケリーもジャスミンも耳を疑った。

自爆装置の作動まで既に一分を切っている。

「……シェラとレティーが一足先に避難してるんだ。その辺に浮いてるはずだから収容してくれ」

「わかった、おまえも速く避難しろ」

「……それができないんだ。脱出艇への通路が全部、隔壁封鎖されてる」

「何だと⁉」

馬鹿なと思った。どんな非常事態でもそこだけは最後まで確保されている避難路のはずだった。

クインビーの操縦席でジャスミンが叫ぶ。

「中央管制室へ急げ！　そこから操作できる！」

「……おれが今いるのがその中央管制室なんだよ。だめなんだ。ここの管理脳はもう死んでる」

ケリーも血相を変えて怒鳴《どな》った。

「ダイアン！　自爆を止めろ！」

「だめ！　リィの言うとおりあの管理脳は死に体も同然だわ！　別の場所から指令が出ているのよ！」

「……大丈夫……地上に……」

通信が切れた。


同時に《ネレウス》の大きな姿が激しく振動した。主要な連結部分が強制解除され、大きな塊だった《ネレウス》が無数の区画にばらばらに分かれた。

万が一、不測の事態により惑星軌道上で使用中の宇宙拠点《ステーション》を爆破しなければならなくなった場合、もっとも考慮されるのは地上への影響だ。

そのため、自爆装置が働くと大きな拠点《ステーション》はまず複数の区画に分解され、それぞれ爆発する。さらに誘爆して跡形も残さない仕組みになっている。

《ネレウス》はまさにその手順を踏んで自爆した。

最初は一つの小さな火花だったが見る間に広がり、立て続けに爆発する。盛大な花火の宴《うたげ》をひとしきり繰り広げて、跡形もなく宇宙に散ったのである。

ケリーもジャスミンも顔を強ばらせてこの様子を見守っていた。

同じものを脱出艇の中から見たシェラはなおさらだった。リィはきっと避難しているはずと思っても眼の前が暗くなる。生きた心地がしなかった。

「リィ！　返事をしてください！　リィ!!」

何度通信機に呼びかけても答えは返ってこない。

シェラの顔はますます青ざめた。

しまいには何と言われようと傍《そば》を離れるべきではなかったのにと、悔しさのあまり真っ赤になったが、同乗していたレティシアは平然たるものだった。

「あの王妃さんがそう簡単に死んでくれるようなら、俺も苦労しなかったぜ」

怒声を張り上げそうになったが、シェラは抑えた。

今はリィの無事を確認することが第一だった。

しばらくして《パラス・アテナ》が到着した。

連結橋が伸ばされるのをじりじりしながら待って、シェラはまっすぐ操縦室へと駆け込んだのである。

「リィはどこです⁉」

ケリーは振り返らなかった。

《パラス・アテナ》の船長は恐ろしい顔で眼の前の探知機を睨《にら》みつけていた。

「――金色狼は自爆直前まで《ネレウス》にいた。今は発信機の反応がない」

今度こそ、シェラは茫然と立ちつくした。

後に続いて入って来たレティシアもこれを聞いて、さすがにちょっと表情を変えた。

シェラは再び眼の前が真っ暗になるのを感じたが、ケリーはそんなシェラを振り返って言ったのである。

「俺のほうがおまえに聞きたいくらいだ。金色狼はどこにいる？」

「え……？」

「爆発直前に離脱した脱出艇は確認できなかった。こうなると俺もダイアンもお手上げだ。おまえならあいつの居場所を探せるんじゃないのか？」

「そんな……！」

ほとんど別の種類の恐怖に青ざめたシェラだった。

急にそんなことを言われてもどうすればいいのか、見当もつかなかった。リィとルウの間にはそうした見えない絆《きずな》が働くが、自分はただの人間である。

もちろん、リィが死んだなどとは思いたくない。

あの人がそう簡単に死んだりするはずがないのだ。

ケリーも同じことを考えているようだった。

「普通ならあの爆発の中で生きているはずがないが、あくまでも普通ならだ。何より金色狼は大丈夫だと言ったんだ。気休めを言うような奴じゃない」

「他には……何か言っていませんでしたか？」

「よく聞き取れなくてな。どうだ、ダイアン？」

確認を求められたダイアナの表情は硬かった。とても感応頭脳とは思えない沈鬱《ちんうつ》な声で答えた。

「地上に、と言ったわ」

それこそ決してあり得ない可能性だった。

どんな脱出艇も大気圏や重力場に接近することは避けるはずだが、シェラは言下に言ったのである。

「では、地上に向かってください」

ケリーとダイアナは無言で顔を見合わせた。

常識で考えれば無駄な捜索に終わるが、ケリーは肩をすくめて言ったのである。

「——いいだろう。念には念をだ」

「了解。——急ぎましょう。もうじきこの宙域にはどっと人が押し寄せてくるわよ」

「どうしてですか？」

「《ネレウス》は正式登録された拠点《ステーション》ですもの。自爆したことは既に連邦にも伝わっているはずよ」

「そう簡単に自爆するようなものじゃないからな。ましてあれだけの大きさだ。働いていた人間の数も半端じゃない。その連中が一斉に避難してぷかぷか浮いてるわけだから一刻も早く救助に向かわなきゃならんってわけさ」

事実、他にも避難した艇があったが、《パラス・アテナ》はシェラとレティシアだけを救助していた。

それを知ったレティシアがケリーを冷やかした。

「この船は救助活動に努めなくてもいいのかよ？」

「そいつは連邦当局にお任せするさ。何故自爆する羽目になったのか、その原因究明もな」

《パラス・アテナ》とクインビーは《ネレウス》が存在していた位置から並んで大気圏に突入した。

最初は球体に見えていた惑星の表面が大きく迫り、やがて地形がはっきり見えるようになる。

シェラもレティシアも操縦室に居座って、次第に迫る地表を見ていた。

既に高度百キロメートルを切り、さらにゆっくり降下している。高度十キロメートル付近まで降りたところで、ダイアナが急に呟《つぶや》いた。

「――何かいる」

「何だって？」

ケリーがそれを聞き咎《とが》めた。

この相棒の感応頭脳らしくない物言いはいつものことだったが、それにしてもひっそりと憚《はばか》るような口調とは裏腹な、突拍子もない言い分だった。

この辺りはまだ鳥も飛べない高さである。生物が生存できる環境ではないのだ。

何か飛んでいるものがあるとしたら飛行物体しか考えられないが、それならさっさと探知機に捉えて表示すればいいだけのことである。

「ダイアン。はっきり言え。何がいるって？」

「――わたしにはそれこそお手上げよ。自分の眼で見てちょうだい」

緊張感さえ漂わせた言葉とともに、スクリーンに映像が映し出された。

陽光を浴びて輝く一面の雲の海だった。

最初は動くものなどどこにも見あたらなかったが、よくよく見ると、その雲にぽつんと一つ小さな影を落とすものがある。

距離が遠く、まだ豆粒ほどの大きさだが、確かに雲の上に何かがいた。

飛行物体にしては比較的ゆっくりと移動している。

その映像がもう少し大写しになった時、ケリーは絶句した。まさに眼を疑った。

飛行機か宇宙船でなければ決して飛べない高度を、それは自分の翼で飛んでいた。

しかし、鳥ではない。

翼を羽ばたかせながら長い首には鬣《たてがみ》をなびかせ、

蹄《ひづめ》は力強く宙を蹴っている。まるで雲の上を悠然《ゆうぜん》と走っているように見える。

結論を言うならそれは馬に見えた。

しかも、胴体に翼を生やした真っ黒な馬だ。

自分の見ているものが幻ではないと知りながらも、ケリーは無意識に呟いていた。

「……ひでえ冗談だ」

シェラもあまりのことに声を失っていたが、我に返って叫んでいた。

「グライア⁉」

「——知ってるのか⁉」

悲鳴のようなケリーの声にも答える余裕などない。

ボンジュイにいるはずのグライアが何故ここにとシェラは愕然とした。彼らは決してボンジュイから出てこないはずだった。次に間違いに気がついた。

違う。同じ黒い天馬の姿でも、これは違う。

シェラの知っているグライアではない。

さらに横からレティシアが唐突に言った。

「王妃さんだ」

「何だと⁉」

「背中に乗ってるぜ。今ちらっと髪が光った」

シェラは慌てて眼を凝らした。大きな翼が邪魔で背中まではよく見えなかったのだ。

ジャスミンが可能な限りの低速度でその生き物に接近する。緊迫した声で連絡してきた。

「リィを確認した！　背中に乗っている！　しかし意識がないようだぞ！」

そもそも生きているかどうかが大問題だった。

外は高度約一万メートル。生存不可能領域である。

だが、それを言うなら大気圏外からここまで降下して来ることだって、どんな生物にも不可能だ。

ジャスミンもクインビーの風防越しに愕然としてその生き物を見ていた。

こんなものは神話の中にしかいないはずだった。

近づいてもっとよく見たいと思ったのは確かだが、それはできなかった。あまり機体を寄せると、その衝撃で馬を煽《あお》ることになる。それでは背中のリィが振り落とされてしまう。

かといって戦闘機のクインビーはこれ以上速度を落とせない。

ぎりぎりまで距離を寄せて通り過ぎた。

リィは馬の背中にまたがっていたが、ぐったりと顔を伏せていた。手もだらりと下がっている。

そこまで見えていながらどうすることもできない状況にジャスミンは歯がみした。

「海賊！　何とかならないのか⁉」

「あれをどう何とかしろって言うんだ？」

さすがの怪獣夫婦にも為《な》す術《すべ》がない。

天馬の動きを見てダイアナが言った。

「――降下してるわ。地表に降りる気かしらね」

「それまで待つか？　時間が掛かるぞ」

シェラが喘《あえ》ぐような声を洩らした。

「下に……」

「なに？」

「この船を――あの人たちの下に入れてください！　着陸できるようにです！　早く！」非常口から収容しようってのか？」

「リィはともかく、あのお馬さんがわたしの船体《からだ》の非常口を通るのは無理よ？」

ダイアナにしてみれば事実を指摘したのだろうが、シェラにとってはこんなに気の抜ける言い分はない。

「何でもいいですから！　早くしてください！」

「待て。だったら格納庫扉を開けてみよう。相手はれっきとした飛行物体なんだからな。問題は開けたところで入ってくれるかどうかだが……」

相手は何しろ動物である。ここへ入れと言ってもおとなしくいうことを聞いてくれるとは限らない。

ダイアナも難しい顔である。

「自動着陸誘導装置はもちろん効かないでしょうし……速度も進入角も合わせてあげるしかないわね」

「下手すりゃこっちが失速するぜ」

クインビーからジャスミンが言ってきた。

「あの生き物に入る素振りがあるかどうかだけでも試してみたらどうだ。わたしが外から確認する」

そこで《パラス・アテナ》は天馬の前に位置取り、格納庫扉を開放した。

天馬からすると、ちょうど眼の前に臨時の陸地ができた格好になるわけだ。

《パラス・アテナ》の操縦室からはその様子はよく見えない。格納庫の内部に進入してくる飛行物体を正確に捉える撮影機《カメラ》がないからだ。

この位置にあるのは後方に迫る飛行物体の位置を捕捉する探知機だけである。それで充分なのだが、その装備がここまで役に立たない状況も珍しかった。

一方、ジャスミンは何とか愛機をなだめながら、その一部始終を見ていた。

黒い天馬は眼の前にぽっかりと出現した格納庫を避けようとはしなかった。

すんなりと中に入り、蹄で格納庫の床に着地して、大きな翼を器用にたたたんだ。

ジャスミンはその仕種《しぐさ》に感嘆しながら安堵《あんど》の息をついたが、驚くのはここからだった。

《パラス・アテナ》に着地した黒い天馬は見る間に小さくなり、大型の猫科動物に変化したのである。

意識を失っているリィの襟首《えりくび》をくわえて引きずりながら船内に通じる隔壁扉に向かい、手も使わずに扉を開けると、リィの身体をくわえたまま、平然と船内に姿を消した。

ジャスミンは操縦することすら忘れそうになって、思わず呟いた。

「……いかん。夢でも見ているらしい」

自分で言いながら、それが夢などではないことはもちろんわかっていた。急いで言った。

「着地を確認！　ただし馬が黒豹《くろひょう》に化けたぞ！」

シェラとレティシアが操縦室を飛び出した。

ケリーも速度を標準に戻すように指示して続いた。

慌ただしく通路を走る彼らにダイアナが言う。

「生命反応確認！　大丈夫。リィは生きているわ。

見たところ大きな怪我もしていない」

それを聞いてジャスミンも格納庫に飛び込んだ。

格納庫の入口から少し離れた通路の奥に、リィはぐったりと横たわっていた。

その身体を守るように黒豹がいた。意識を失ったリィの顔にしきりと鼻面を押しつけている。

一刻も早く医療機器に入れたかったが、その獣《けもの》は駆け寄った四人を見て露骨《ろこつ》な敵意を向けたのだ。

攻撃こそしてこないが、どうしても彼らをリィに近寄らせようとしないのである。

ケリーとジャスミンは手を束《つか》ねて顔を見合わせ、レティシアは、いっそのこと片づけちまったほうが早いんじゃないかと物騒なことを言い出した。

シェラはその男を制して前に進み出た。

あまり近づくと獣が興奮するので、距離を取って、黒い獣の青い眼を見つめながら恐る恐る言った。

「ルウ？」

ケリーもジャスミンもレティシアも眼を剝《む》いたが、シェラは大真面目にもう一度、呼びかけた。

「ルウ、でしょう？」

しかし、手を伸ばそうとすると獣は猛然と唸って、牙を剝いてくる。シェラの言葉を理解しているとは到底言えない状態だった。

肩をすくめてケリーが言う。

「しょうがねえな。麻酔でも打つか？」

「無駄だと思うわよ」

ダイアナが妙に厳しい顔で指摘してきた。

「なぜならそれは動物じゃない。——それどころか生物《せいぶつ》と言えるかどうかも怪しいわ」

「何？」

「第一にそれは呼吸をしていないのよ。少なくとも酸素を取り入れて二酸化炭素を吐くという基本的な運動をしていないことは確かかね」

ジャスミンも眼を丸くした。

「ではこれは……機械なのか？」

「いいえ。立派な有機物よ。少なくともわたしにはそう見える」

「それなのに呼吸をしていない」

「じゃあ、こいつの動力源はいったい何なんだ？」

ジャスミンとケリーが至極もっともな疑問を述べ、ダイアナは何とも言いがたい顔で言った。

「多分、隣にいる誰かさんじゃないかしらね」

全員の眼が通路に横になっているその誰かさんに集中する。

シェラは気が気ではなかった。

行動をともにするようになって長いが、この人が眼を閉じて眠っているところは数えるほどしか見た覚えがない。そのどれもがよくない記憶ばかりだ。

こんな時こそ自分が傍にいなければならないのに、黒い獣がそれを許してくれない。

レティシアではないが、いっそのこと強硬手段に訴えるかとさえ思った。

しかし、黒い獣の鼻面に何度も顔を探られた結果、閉ざされていた瞼《まぶた》がぴくりと動いたのである。

「リィ！」

シェラは歓喜の声を張り上げた。

緑の瞳がしきりと瞬《まばた》きする。

離れたところで自分を見つめている顔ぶれを見て、何より眼の前にある黒豹の大きな顔を見て、リィは状況を察したらしい。

獣の首に抱きつくようにして、かろうじて上体を起こした。ぐったりと壁にもたれて言う。

「やれやれ、参った。まさか裸《はだか》で大気圏に突っ込む羽目になるとは思わなかったぞ……」

ケリーが真顔で反論した。

「普通それをやったら今頃おまえはお星さまだ」

「まったくだ。よく服が燃えなかったな」

ジャスミンは妙なことに感心している。

普通そんなことをしたら骨まで燃えるはずである。

「これがかばってくれたんだよ」

リィが意識を取り戻すと、黒い獣はさっきまでの剣幕が嘘《うそ》のようにおとなしくなった。

シェラがリィに手を貸して支えてやっても、もう怒らない。その様子を平然と眺《なが》めている。

何よりもまず、裸で大気圏突入したというリィの身体を心配しなければならない場面だったが、その場の全員の心情を代表してケリーが訊《き》いた。

「そいつはいったい、何だ？」

獣の首を抱きしめながらリィは笑った。

「何に見える？」

「わからないから訊いてるんだ」

「……実を言うと、おれにもわからないのさ」

「おい」

ケリーもさすがに気色《けしき》ばんだが、リィはふざけたわけではないらしい。困ったような顔である。

獣を見やって、シェラが半信半疑の口調で尋ねた。

「本当に……ルウではないんですか。眼の青い黒豹なんて見たことがありません」

「本物の黒豹なら黒くてもちゃんと模様があるのに、これは墨《すみ》みたいに真っ黒だもんな」

リィは苦笑して、その真っ黒な毛皮を撫《な》でている。

「これは……たぶん、一種の端末みたいなものだよ。ルーファの一部ではあるけどルーファ自身じゃない。これだけ戻ってくるのがやっとだったんだろうな」

「………」

「ルーファの意識はないんだ。ただ、おれの存在と、おれの命を守ることだけに反応してる。——だから、おまえたちのこともわからないんだ」

シェラは激しい恐怖に襲われた。

大きく息を吸って、それでも震える声で尋ねた。

「……では、ルウはどこにいるんです？」

リィは答えなかった。眼を伏せたまま黙っている様子にますます恐怖が募《つの》ったが、リィは顔を上げて普段と変わらない調子でシェラに笑いかけた。

「腹が減ったな」

リィが予想外のことを言い出したのは健康診断を

受けて（本人は必要ないと言い張ったが、強制的に受けさせたのである）どこにも異常がないとわかり、シェラの手料理を食べるだけ食べた後のことだった。

「このまま惑星ヴェロニカに向かってくれ」

と言うのである。

ジャスミンがリィにくれると言った星のことだ。

シェラが耳を疑っていると、リィはさらに自分の隣に座っていた黒い獣を軽く叩いて、

「しばらくこれと一緒にあそこで暮らす」

と言うのである。

シェラが血相を変えたのはもちろんである。

ケリーもジャスミンもさすがに難色を示した。

何のためにそんなことをするのだと詰め寄ったが、リィは自分の言葉を翻《ひるがえ》そうとはしなかった。

「それが一番いい方法なんだ。見ての通り、これはおれから離れようとしない。だけど、こんなものを連れて連邦大学に帰るのはまずいだろう？」

レティシアが真面目に頷《うなず》く。

「まずいどころの騒ぎじゃないぜ。愛玩動物《ペット》だって言い張るにはちょっとでかすぎるしな」

「いや？　寸法はどうにでもなるみたいだぞ。現に一度は猫になったんだから」

「さっきは羽の生えた馬になってた。こんなもん、生物学の教授が見たら発狂するぜ。学会を揺るがす一大事件《センセーション》だ」

「そうなるのがわかっていて連邦大学には帰れない。こんな常識の通じないものを人目には晒《さら》せないよ」

ケリーが真顔で指摘した。

「それを言うならここにいる連中みんなそうだぜ」

これまたもっともな話なので、リィもしみじみと頷いたのである。

「ケリーとレティーはあの世からの出戻り組だし、ジャスミンは本当なら七十過ぎの老婦人のはずだし、おれは言わずもがなだし——考えてみればこの中でまともなのはシェラくらいのもんだな」

そのシェラは何とも言いようがなくて黙っていた。

褒《ほ》めてくれているのだろうが、こんな褒め言葉にどう答えろというのだ？

リィは優しい眼で黒い獣を見つめている。

「おれたちはまだ社会で目立たないように偽装する手段を知ってるが、これはそうはいかない」

「それなら、この船にいたらどうだ。歓迎するぜ」

ケリーは本気で申し出たが、リィは首を振った。

「この船はとってもいい船だけど、宇宙はおまえの生きる場所だ。——おれは、しばらくこれと一緒に身体を休めたいけど、こういうところではあんまりくつろげないんだよ」

自分に必要なのは人間の手の入っていない原始の自然だとリィは言った。

結局、休息が必要だというリィの意志を尊重して、ケリーは相棒に対して簡潔に進路変更の指示をした。

ジャスミンもレティシアもそれがリィの希望なら仕方がないと比較的早々に認めたが、唯一まともと言われたシェラは最後まで躊躇《ためら》っていた。

当分の間、人を避けると言うが、それはいったいいつまでなのかと訊きたかった。

しかし、訊けなかった。

自分も一緒に連れて行ってほしかったが、リィが頷かないこともシェラにはわかっていた。

《パラス・アテナ》は半日の旅程と四度の跳躍の末、惑星ヴェロニカの軌道上に到達したのである。

搭載艇はジャスミンが操縦した。

リィと、黒い獣と、あくまで見送ると言い張ったシェラを乗せて、秋も深まった様子の地表に降りた。

搭載艇が降下したのは、リィたちが以前過ごした小屋の近くだった。そこなら充分雨風がしのげるというのだが、リィは自前の剣以外の道具をいっさい持たなかったので、ジャスミンは心配そうだった。

ジャスミン自身、生き残り《サヴァイヴァル》の達人だが、最低限の道具は持参するのが常だったからである。

「せめて保温具くらい持っていったらどうなんだ？夜は冷えるぞ」

「生きた毛皮がいるんだ。充分あったかいよ」

リィはこともなげに言って艇を降りた。

シェラも見送りに続いたが、自分はそこまでだとわかっていた。

「……お気をつけて」

「悪いが、アーサーとマーガレットにはおまえからうまく言っといてくれ」

「はい」

中学生のリィが無断で何日も学校を休むとなれば保護者のところに連絡が行くのは必至である。

シェラはもう何も言えなかったが、顔にはよほどせっぱ詰まった表情が現れていたのだろう。

この数年いつも一緒にいた、いつも自分に忠実に従ってきた紫の瞳を覗き込んで、リィは微笑した。

「ルーファが戻ってきたら連絡する」

「………」

「約束しただろう？　一緒に帰るって。おれたちは必ず二人で戻る」

眩《まぶ》しいような笑顔だった。

リィは黒い獣を従えて文字通り人っ子一人いない土地に足を踏み出して行った。

搭載艇で《パラス・アテナ》に戻ると、シェラはあらたまった口調でケリーに向かって言った。

「この宙域から離脱してください」

「もちろんだとも。おまえたちを一度連邦大学まで送らなきゃならんからな」

「そういう意味ではありません。あの人から連絡があるまでここには近づかないでほしいのです」

シェラの真剣な様子も、その言い分もケリーには少々わかりにくかったらしい。首を捻った。

「どういう意味だ？」

「あの人が休息する時の条件は昔から一つだけです。自分の眼の届く範囲に人がいないことです」

「この星には人間なんざ一人もいないぜ？」

「わかってます。ですからあなたたちのことを申し上げているんです。ダイアナはこの軌道上からでも地表の様子を観察できるはずです。やろうと思えばあの人の姿を大写しで捉えることもできるでしょう。——ですが、それでは、あの人にとってはすぐ横で覗《のぞ》かれているのと変わりません」

「………」

「あの人はルウが戻ってくるのをここで待つつもりなんです。リィは通信機は使えませんが、ルウなら使えます。ルウが戻ってくれれば、前にジェームスが警察を呼んだ通信機を使ってあの人たちのほうから連絡して来るはずです。ですから、それまで邪魔はしないと約束してください」

お願いと言いながら強要するような口調だったが、シェラはそれだけ必死だったのだ。

レティシアがおもしろそうに笑って肩をすくめた。

「逆らわないほうがいいと思うぜ。そのお嬢ちゃん、王妃さんがらみになるとちょっと怖いからよ」

「しかし……」

ジャスミンが戸惑ったように首を捻っている。

「戻ってくると言っても、どうやって？」

ケリーがそんな妻を遮った。

「俺たちだけでいくら頭を捻っても答えは出ないぜ。とにかく一度大学に戻ろう。事情を知っている奴にちゃんと話を聞いたほうがいい」

シェラもそれには賛成だった。

《パラス・アテナ》は数時間で連邦大学に到着した。サンデナン南岸は深夜だったが、下船した一同はちょうどいいとばかり、その足でアイクライン校に駆け込んだのである。

ここは連邦本部以外で唯一、ラー一族と直に接触できる場所だ。

深夜の校舎に現れたラー一族のデモンはその場の顔ぶれを見て、深々と吐息を洩らした。

「……まずいことになりましたね」

この人には事情を説明する必要がないと判断して、シェラは勢い込んで尋ねていた。

「教えてください。ルウは今どこにいるんです？」

「リィにわからないものが俺にわかるわけがない。──おまえが最後に見た時はもう身体だけで中身が入ってなかったんだろう？」

「はい。リィは確かにそう言っていました。ルウはもうここにはいないと……」

「やっぱり。脳味噌を掻き回されて身体を使えなくされたんで避難したんだろうな」

ケリーが訊く。

「それだ、問題は。どこに避難したと言うんだ？」

レティシアも不思議そうに指摘した。

「自分の意志で身体から出て行ったんなら、戻ってくるのだって自力でできるんじゃねえの？」

「さあ、それがそう簡単にはいかない」

デモンはため息を吐いてケリーを見た。

「蠅《はえ》の時間は人間の十倍の速さで流れているという話をご存じですか？」

突然、何を言い出すのかと思った。

知識としては知っている。同じ空間に存在しても、感じる時間の流れがまったく違う。人間からは蠅の動きは捉えられないほど速く、逆に蠅からは人間の動作はひどく鈍《のろ》く見え、従って人間の攻撃を簡単に避けることができるというものだ。

「つまり、わたしたちとあなたたちがそうなんです。わたしたちは本来あなたたちとは違う時間を生きているものなんですよ。それも蠅と人間の比ではない。──極端なことを言うなら、わたしが瞬きする間に、あなたにとっては数十年から百年の時間が流れると思っていただければ結構。そのくらい違うんです」

呆気にとられながらもケリーは言った。

「……しかし、それはまた、奇妙な話だ。それならどうしてあんたは俺と話していられるんだ？」

「本来なら──という意味ですよ。もちろん。今はあなたたちの時間に合わせてあります。さもないととてもお話しなどできませんから」

「…………」

「わたしたちにとってあなたたち人間はあまりにも小さく、あまりにも素早く、あまりにもあっけない生き物です。――ただし、ルウだけは違う。あれはまだ生まれたばかりで幼いので、あなたたちと同じ時間を生きている――いや、生きていたというべきでしょうね。あの時までは」

デモンは難しい顔だった。

「身体を失ってもその場に留まっていられれば別に問題はなかった。俗に言う幽霊のようなものだから、ルウは間違いなくそこにいる。しかし、今回は違う。予想外の衝撃を食らって一気に意識が拡散したんだ。――リィの呼びかけにも応えないとなると、本来の我々に近い状態になっていると見るべきです」

「…………」

「ミスタ・クーア。あなたもご承知のように我々にとって肉体を構築すること自体は別に難しくはない。ルウは今、大急ぎで元に戻ろうとしているでしょう。幸い、目印はある。あの黄金の光を目印に、新しい身体をつくり、拡散した意識をその身体の中に凝縮させようとするでしょう。それこそルウの時間では『ほんの一瞬』で『あっという間に』です。しかし、その一瞬はあなた方の時間では五十年にも百年にも該当するかもしれない。――そういうことです」

茫然と立ち竦んだ四人の中で、ケリーは真っ先に気を取り直した。とんでもないことをけろりと言う相手に猛然と食ってかかった。

「だったら、あんたたちの力で、その辺をふらふら飛んでいる天使を捕まえたらどうなんだ？」

「我々にそれができればとっくにやっていますよ。今のルウには自我というものがない状態なんです。何より『その辺』とおっしゃいますが、この宇宙がどのくらい広いものか、今さらあなたにご説明する必要はないでしょう、キング？」

「ちっぽけな人間の俺にはな。広いかもしれないが、あんたたちには箱庭のようなもんじゃないのか」

「いいえ。さすがに我々にとってもそこまで狭くはありませんよ」

　今まで黙っていたジャスミンが、やや気色ばんだ口調で言った。

「ミスタ・デモン。あなたたちは神なのか？」

　ラー一族の伊達《だて》男は苦笑して肩をすくめた。

「言うまでもないことですが、全知全能の神という概念はあなたたち人間の心がつくり出したものです。従って真に全知全能なる神はあなたたち人間の心の中にしか存在しない。——当然の理屈です」

「それでは、あなたたちはいったい何だ？」

「わたしからも逆にお尋ねします。ミズ・クーア。——それではあなたはいったい何ですか？」

「…………」

「わたしはわたしであり、あなたはあなただ。それ以外には言いようがない。——わたしはあなたとは異なる時間を生きていますが、それでも、この同じ宇宙に生きるものには違いありません」

「とてもそうは思えないがな。感じる時間が違えば見る世界も違ってくるぞ」

「はい。おっしゃるとおりです」

　デモンはジャスミンを見つめて微笑してみせた。

「わたしは昔から人の社会を見るのが好きでした。趣味だったと言ってもいい。お父さまのこともよく覚えていますよ」

「……話を元に戻そう」

　強ばった表情をほぐし、衝撃から立ち直りながら、ケリーが言った。

「つまり、俺たちにできることは何もないのか？」

「残念ながら、そうです。わたしたちにも為す術がないのです。黙って見ているしかありません」

　レティシアが眉《まゆ》をひそめながら指摘する。

「けどよ、その間にも時間はどんどん過ぎるぜ？」

　デモンは再び盛大な吐息を洩らした。

「我々が今もっとも心配していることもそれなんだ。ルウが戻った時には、眼の前に年老いてひからびたリィの亡骸《なきがら》しか残っていなかった——その可能性が何より恐ろしい」

「そんなことにはなりません」

意外なほど強い口調でシェラはきっぱりと言った。

その拳は決意を現して固く握りしめられ、色白の頬が興奮のために上気していた。

「あの人は、二人で戻ると言いました。ルウは必ず、どんなことをしてもリィのところに戻るはずです」

デモンは眩しそうにシェラを見て微笑した。

「俺もそう願ってるよ」


フォンダム寮に戻ったシェラは翌日から、忙しく動いた。まずはさっそくヴァレンタイン卿に連絡し、学校と寮にリィの休学届けを出して欲しいと頼んだ。

ヴァレンタイン卿が驚いたのは当然である。

「エドワードに何かあったのか？」

「いいえ。あの人は何ともありません。お元気です。ただ、ルウがちょっと……厄介なことになりまして、あの人はその付き添いに行くと言うんです」


「学校を休んでまでか⁉」

「はい」

説明自体は嘘ではない。ほとんど事実だったが、こんな説明で納得する父親がいるとは思えなかった。ましてヴァレンタイン卿はリィを盲愛しているし、ルウに対して好感情も持っていない。

身を縮めんばかりにしながら顔だけは平静を装うシェラを見て、ヴァレンタイン卿は一つ息を吐いて言ったのである。

「……わかった。言い出したら聞かない子だからな。学校と寮にはわたしから連絡しておく」

「申し訳ありません……」

「何もきみが謝ることはない。どうせエドワードが面倒なことをきみに押しつけたんだろう？」

否定はできなかったので黙っていた。

ヴァレンタイン卿は眼に笑いを残しながら精一杯怖い顔をしてシェラに釘を刺した。

「ただし、復学するという報告は必ずあの子自身にさせるんだぞ。その時はきつくお説教してやる」

「はい」

シェラも微笑して通信を切った。

学校と寮の生徒たちにも、リィがしばらく留守にすることを話さなければならなかった。

考えた末、リィは一人で旅に出たのだと説明することにした。少々苦しい言い分ではあるが、病気や怪我が原因で学校を休むと言ってしまうと、今度は見舞いを受けつけられない理由が必要になるからだ。

案の定、同い年の子どもたちは眼を丸くして驚き、ジェームスなどはもっとも呆れた口調で言ってきた。

「学校休んで一人旅って、何だよそれ？」

「あの人はもともと野生児だからね」

それはジェームスもよく知っている。

しかし、彼の疑問は他のところにあった。一人で黙々と予習に励むシェラを不思議そうに見て言った。

「シェラが一緒に行かないなんて珍しいじゃないか。絶対くっついていきそうなのにさ」

「もちろん連れていってくれって頼んだよ。だけど、だめだって。今回は一人がいいんだってさ」

「ふうん……」

友達の多いジェームスには、その感覚はあんまりぴんと来ないらしい。首を捻っていた。

「けどさあ……。戻ってきたら宿題が大変だぜ」

連邦大学惑星は生徒の自由を重んじる学校だが、生徒の自分勝手を許すほど甘いところではない。

自分の自由で学校を休むなら、同じく自己責任で学校の要求する学業水準を満たしてもらおうということになるのだ。つまり、他の生徒に比べて単位を取るのがそれだけ難しくなるのである。

「まあ、そのくらいは覚悟していると思うから」

涼しい顔で言ってのけたシェラだった。

リィのいない日常を一人で淡々と過ごす。

そうするうちに十日が過ぎて、ベティが出演する舞台が開幕した。

招待券が送られてきたので、シェラは一人でその舞台を見に行った。

もしかしたらリィが見たがるかもしれない。だが、公演中に戻ってくることはできないかもしれないと思ったからだ。

スポットライトを浴びて舞台に登場したベティはまるで別人のようだった。

二人の前でおどおどと物怖じしていた垢抜《あか》けない少女の面影はどこにもない。

輝くばかりに美しく、立ち居振る舞いはいかにも剣の達人らしく颯爽《さっそう》として、物腰には高貴な血筋を感じさせる。ほとんど威厳さえ漂わせている。

ベティは神と人間との間に生まれた少女の活躍と苦悩とを見事に演じきっていた。

父神からは人の子は人の世界で生きよと諭《さと》され、人間たちからは畏敬されながらもあなたは神の子で我々の仲間ではないと、やんわりと拒絶される。

人間たちを愛しながら打ち解けることはできず、父神への敬愛も捨て去ることができない。

そんな悲しみ、身の置き所がない苦しみ、しかし自分を慕う人々の前ではあくまで燦然と光り輝いて共に困難に立ち向かおうとする少女戦士フレイアを、十四歳のベティは観客を圧倒する存在感で表現した。

鳴りやまない拍手と歓声の中、シェラはベティに会いに楽屋へ行ってみた。

ベティはちょうど化粧を落とそうとしていたが、シェラを見ると大喜びで迎えてくれた。

「来てくれてありがとう！　ヴィッキーは？」

「ちょっと都合が悪くて、来られなかったんです」

ベティはがっかりした顔になった。

「ヴィッキーに見て欲しかったんだけど、楽日《らくび》にも来てもらえないのかな？」

「もちろん、あの人はきっと来たがると思いますよ。ただ、本当に予定がわからないんです」

「忙しいんだ……」

しょんぼりしているベティがおかしくて、思わず微笑したシェラだった。

「今はもういつものあなたですね?」

　そう言うと、ベティははにかんだように笑った。

「おかしいでしょう?　舞台の上では——ううん、その前の楽屋からあたしはもうあたしじゃなくて、フレイアなのに……」

「別におかしくはない。むしろいいことだろう」

　突然割り込んだ声にぎょっとして顔を上げると、楽屋の入口にヴァンツァーが立っていた。

　ベティの護衛はもうずいぶん前にやめたはずだが、舞台を見に来ていたらしい。

　ヴァンツァーは金色のリボンを結んだ一輪の赤い薔薇《ばら》を、無言でベティに差し出した。

　何の前振りもなかったので、意味が理解できず、ベティは面食らって男を見上げた。

「え?　あの……これ、あたしに……?」

「優れた女優には花を贈るものだ」

　どこまでも真面目に言うヴァンツァーである。

　だったら笑顔の一つもつくってみせたらどうだと、シェラはよほど突っ込んでやりたくなった。

　この男の場合、表情と言動に差がありすぎる。

　ベティはもう耳まで真っ赤になって、ぎこちなく花を受け取った。

　そうこうするうちにエマ小母さんや学校の友達がやって来たので、二人は早々に楽屋を引き上げた。

　この男と一緒にいても話すことは特にないのだが、今日は珍しくヴァンツァーのほうから口を開いた。

「あの娘はきっと成功するだろう」

「わたしもそう思う」

　その意見には心から賛成だった。

　ふと思いついてシェラは男に訊いてみた。

「それでわざわざ時間を割いて見に来たのか?」

　普段のこの男なら、やれ講義が単位がと言って、ログ・セール大陸から動こうとしないはずである。

　それなのに他星系にまで足を伸ばして来るとは、ベティの舞台に興味があったのだろう。

　ヴァンツァーはシェラの問いには答えなかった。

短い沈黙の後、ゆっくりと言った。

「王妃は、何か面倒なことになったらしいな」

シェラは黙っていた。

まったくこの上なく面倒な状態だったが、それをこの男に説明するのはもっと面倒だったのだ。

「王妃は黒い獣と心中《しんじゅう》するつもりだとレティーは言っていたが……」

「そんなことにはならない」

すかさず言い返したシェラだった。

硬い表情ではあったが、きっぱりと断言した。

「あの人たちはきっと戻ってくる」

「ふむ……。間に合うといいんだがな」

ヴァンツァーは言って、何を思ったかうっすらと微笑した。

「今の舞台に登場していた女――よほどグリンダと呼んでやりたくなったぞ」

シェラは紫の眼を見張って男の顔を見つめ返すと、こちらも珍しく、にやっと笑ってみせた。


「不本意だが、その点もまったく同意見だ」

12

満天の星空だった。

ルウは自分の眼が信じられずに、何度か瞬《まばた》きしてその星空を見上げていた。

身体の下の感触はどうやら草らしい。

裸《はだか》の身体に風が冷たかったが、右手と右肩だけがほのかにあたたかい。

そこにリィの顔があった。

瞼《まぶた》を閉じて眠っているようだった。

星明かりにさえ光り輝く金髪も、なめらかな頬も、小さな身体も、最後に見た時と少しも変わらない。

それでも、これが本当に現実かどうか、ルウにはわからなかった。ぬくもりさえ嘘《うそ》のような気がして、恐ろしくて、触れることはおろか身動きすることもできなくて、息を呑んでその寝顔を見つめていると、ぱちっと眼が開いた。

陽が昇っていたら新緑のように煌《きら》めくに違いない、あの瞳がまっすぐルウを見つめていた。

「おはよう。——夜なのにおはようは変か？」

ルウはそれでも動けなかった。

穴の空くほど相棒の顔を見つめて、大きく喘《あえ》いで、やっとのことで言葉を絞り出した。

「……今いつ？」

「おれがここに降りてから二十一日目の夜かな」

「ここ、どこ？」

「惑星ヴェロニカ。ジャスミンがくれた星だよ」

リィは相棒の裸の肩に手を伸ばすと、その感触を確かめるように指をすべらせた。

「さっきまでふかふかの毛皮だったのに、よくしたもんだ。——お帰り」

にっこりと笑いかけられて、ルウの身体から力が抜けた。ためにためていた息を残らず吐き出して、草の上に突っ伏した。

「よかった……」

呻《うめ》くような声は涙ぐんで震えていた。

「何十年も経ってて……エディがいなかったら……もう会えなかったら、どうしようかと思った」

苦笑をこぼしたリィだった。

この相棒は宇宙を揺るがす力を持っているくせに、時々まるで子どもみたいだと思う。

「ほら、寝っ転がってないで、帰ろう。すぐそこがあの宇宙港なんだ」

容赦《ようしゃ》なくけしかけられてルウは上体を起こしたが、草の上に座り込んで、じっと自分の掌《てのひら》を見つめた。

身体をつくりなおして、まっさらの状態の今なら、禁忌《きんき》に触れずに力を使うことも可能だった。

「ねえ、エディ。ふかふかの毛皮のほうがいいなら……そうしようか？」

「馬鹿言うなよ」

リィが顔をしかめる。

「あんなものを持って帰るわけにはいかないから、ここでルーファが戻るのを待ってたんだぞ。それに──名前を呼んだら呼び返してくれるほうがいい」

「…………」

「口をきくのは久しぶりなんだよ」

リィは一人で、物言わぬ自分を相手に、この星で二十日を過ごしていた。

話す相手はいなかった。

当然、言葉を発することもなかったのだ。

「そういうことなら、今は頭がはっきりしてるから、毛皮になってもちゃんと呼ぶよ？」

「怒るぞ」

軽く睨みつけられて、ルウは笑って立ち上がった。

裸の身体に風が冷たかった。ルウは身震いして、何もない空中から黒い布を取り出して身体に巻いた。

こんな脆《もろ》い身体でも今の自分の精神《こころ》の容器《いれもの》である。

大事にしなければならなかった。

「……ごめんね」

唐突な言葉だったが、リィはすぐに意味を察して、首を振った。

「それはこっちの台詞《せりふ》だ。——とんだへまをやった。今度のことは半分以上おれのせいだよ」

「だけどね、エディ」

その言葉は意に介さず、相棒の緑の瞳をまっすぐ見つめてルウは言った。

「もし、ぼくとエディのうちどうしても、どっちか一人が頭を吹き飛ばされる状況になったとしたら、ぼくは自分の頭を吹っ飛ばされるほうを選ぶよ」

「当然だな」

こともなげにリィは答えた。

「おれは脳味噌吹っ飛ばされたらそこでおしまいだ。ルーファはまた戻ってこられる」

断言したものの、急いでつけ加えた。

「だからって簡単に吹っ飛ばされていいかとなると、話は全然別だからな」

「うん」

「中身が入ってないってわかっててもーーあんまり気持ちのいいもんじゃない」

「うん。……今回は運良く戻れたけど、元の場所に戻ってこられるかどうかもわからないわけだしね」

「おれはその心配はしてなかったぞ」

「…………」

「ルーファは絶対、おれのところに戻ってくるってわかってたからな」

自信たっぷりに断言して、リィは相棒に向かって手を差し出した。

ルウも笑ってその手を握り返した。

ちょっとでも油断すれば、自分たちは簡単に離ればなれになって二度と会えない。

もともと生きる場所も世界も違う自分たちだ。

それが奇跡のような確率で、運命のような偶然で、こうして出会うことができたのだ。

いつまで一緒にいられるかはわからない。やがて別れなければならない時は必ずやって来る。

二人ともそれはわかっていた。

だが、だからこそ、近くにいられる間はこうしていたかった。


最終日の公演は大変な人出だった。

たった十日間の公演にもかかわらず評判が評判を呼んだらしく、立ち見席もぎっしり埋まっている。

先に席に着いているように相棒に言って、リィは開演前の楽屋を訪問した。

準主役のベティには個室が与えられている。

ベティはすっかり準備を整えていた。フレイアの勇ましい衣裳を着て、髪も金髪に変えて、舞台用の派手な化粧《メイク》をしている。ここまで道具立てが揃えば普段のベティと印象が異なって見えるのは当然だが、それだけではない。

そんなものがなくても身に纏《まと》う雰囲気が決定的に違っている。

鏡の中の自分を見つめる眼差しは凛《りん》として輝き、赤い唇は意志の強さを現して引き結ばれている。

少女とも思えない厳しい表情だったが、その顔がリィの姿を認めると一転してほころんだ。

輝くような、花のような笑顔だった。

これほどの光をベティの上に見たことはない。

リィは微笑して、その少女に話し掛けた。

「フレイア？」

「そうよ」

神の娘は嫣然《えんぜん》と微笑んで頷《うなず》いた。

「初めまして、ヴィッキー。あなたを待っていたわ。会えてよかった。今日がわたしの最後の日だから、どうしてもあなたに見ておいて欲しかったのよ」

「おれも見ておきたかった。間に合ってよかったよ。――ベティはそこにいる？」

「もちろんよ。彼女もあなたに会えて喜んでいるわ。でも、彼女と話すのは幕が下りるまで待ってね」

少女は真顔で、本気で心配そうに念を押してきた。

知らない人が見たら多重人格を気取る一人芝居に

見えたかもしれない。

だが、相手が間違いなく本気で言っていることも、ここにいる少女はベティではないことも、リィにはわかっていた。

ちょっと困ったように笑って言った。

「フレイアに会ったらそれを訊《き》いてみたかった」

「どういう意味かしら？」

リィは空いた丸椅子を引き寄せて腰を下ろすと、慎重な口調で続けた。

「これから開幕なのに、こんな質問は意地悪なことかもしれないけど……」

「かまわないわ。言ってみて」

「フレイアは今日を最後にいなくなるんだろう？消えてしまう自分を残念だとは思わないのか」

尋ねるほうが本気なら、答えるほうもこれ以上はないくらいの真顔で答えた。

「それはないわ。――なぜならわたしの住む世界も今日で消えてしまうからよ」

「…………」

「わたしを生み出してくれたお父さまも、わたしを慕《した》って集まってくれた人々も、わたしの闘う場所もなくなってしまうのに、わたしだけが残っていても意味がないわ」

「…………」

「それに、わたしは死ぬわけじゃない。彼女の中でずっと生き続ける。わたしは彼女の一部。彼女の心。二度とわたしが現れることはなくても、そのことは彼女自身が誰よりよく知っている。それで充分よ」

きっぱり断言した少女を感心したように見つめて、リィはそっと微笑んだ。

「おれとベティは何だか似てるな」

「まあ、信じられないわ。どこが似てるの？」

本当に不思議そうに、そしてちょっと悪戯《いたずら》っぽく少女は眼を見張っている。

「それを聞いたらベティはきっと猛然と反論するわ。わたしから見ても似ているところは何もないのに」

「外見や性質のことを言ってるんじゃない。立場が似てるってことさ。——ぎりぎりのところで現実に引っかかってる」

少女は真顔になってリィを見つめてきた。

リィも微笑を消して、ベティの生み出した幻《まぼろし》の少女を見つめていた。

幻でありながら恐ろしいまでの存在感だ。しかし、この少女は決して現実の社会に生きることはない。

舞台の上でなければ存在することのできない儚《はかな》い命なのだ。

同時に一度《ひとたび》舞台に立てば人の心を捉えて放さない至上の光でもあった。

相反する二つの要素を持っているからこそ眩《まぶ》しく魅力的な少女は吐息を洩らして頷いた。

「——わかるわ」

「………」

「もしベティが舞台に出会わなかったら、お芝居を始めないでいたら、彼女はきっと今でも現実に適合できずにいたでしょうね」

「………」

「演劇に出会って彼女は救われた。舞台だけが唯一、彼女を現実につなぎ止めているものなのよ」

「——危なっかしく聞こえるけど、大丈夫か？」

思わず尋ねると、少女はまた自信に満ちた笑顔で首を振った。

「それはベティに訊いてちょうだい。彼女は今でも充分充実した人生を送っていると、わたしは思っているけれど、それはわたしの感想。ベティのことは彼女自身にしかわからない」

もっともな話だった。

そろそろ開幕時間が迫っている。

少女は最後にもう一度鏡の中の自分を見つめて、立ち上がった。

魔を退治するという伝説の剣を勇ましく腰に差し、楽屋を出る。リィも後に続いたが、少女はふと足を止めて振り返った。

「わたしも最後に訊いていいかしら?」

「何だ?」

「ベティはお芝居によって現実とつながっている。彼女は演技によって生かされていると言ってもいい。それなら、あなたを現実につなぎ止めているものは——あなたを生かしているもの、あなたをそこまで輝かせているものはいったい何なの?」

リィは笑って客席のほうを仕種《しぐさ》で示した。

「おれの隣にいる。舞台から見えるよ」

「残念だけどそれは無理よ。舞台に立ったわたしに見えるのはランボルトの森とオリキタスの原野だけ。この剣で救わなくてはならない人々の顔だけよ」

「そうか。連れてくればよかったかな?」

「いいのよ。その人にもわたしの最後の舞台を見てもらえれば嬉しいわ」

少女は嫣然と微笑んだ。

リィも相手を賞賛するように笑いかけた。

開幕のベルが鳴る。それが別れの合図になった。


「行くわね」

「ああ」

少女は舞台に、リィは観客席に向かってそれぞれ毅然《きぜん》とした足取りで歩き出した。

あとがき

毎回、頭の痛いタイトルですが、今回、久々に大きな嘘《うそ》をついてしまいました。

本文を読んでいただければおわかりかと思いますが、どうしてこの本が『オンタロスの剣』というタイトルになったのか、まったくもって謎です。

こういう題名であるからには『オンタロスの剣』というものが本文中に登場しなければいけないんですが、なんと一文字も出てきません。

厳密に言えばそれ自体は登場しているんですが、名前が出てこないんです。

困ったものです……。

しかしながら、終わってみれば話の流れとして、これでよかったと考えていますので、その辺は何とか雰囲気で感じ取っていただければ幸いです。

ところで、作品に出てくる片仮名の名前はすべて適当です。

ジャスミン、ケリー、シェラといった人名は西洋では一般的なものですから気にせずに使っていますが、問題はいわゆるファンタジーふうの地名や人名です。

適当に考えてはいるんですが、特殊な名前は、独自に考えたつもりでも以前にどこかで眼にしたもの、あるいは耳にしたものが記憶の底に残っていて、何かの拍子に出てきたということが時々あります。後になってそれに気づくと何やら気まずいので、最近では何か思いつくと、インターネットで検索することにしています。

おもしろいもので　惑星の名前にしようと思っていたものが有名な俳優の名前だったり、エジプトの旧跡の名前だったりします。

今回も、最初に思いついた名前は『アンタロス』でした。

やはり念のためにとネットで検索してみますと……。

アンタロス一世、トルコ古代の王、BC４アンタルヤという街を創成——。

なるほど。この程度なら重なってもいいかなと思ったのですが、念のため、ささやかな抵抗をしてオンタロスに変更しました。

本文中には出てきませんが、表紙のフレイアに扮《ふん》したリィが持っているのがその剣です。

いやあ、このリィ、いいですねえ。実に凜々《りり》しい！　美しい！

いつもながら鈴木理華《すずきりか》さんに感謝します。

お忙しい中、本当にありがとうございました。

茅田砂胡

ご感想・ご意見をお寄せください。

イラストの投稿も受け付けております。

なお、投稿作品をお送りいただく際には、編集部
(tel:03-3563-3692、e-mail:cnovels@chuko.co.jp)

まで、事前に必ずご連絡ください。

〒104-8320　東京都中央区京橋2-8-7
中央公論新社　C★NOVELS編集部

C★NOVELS Fantasia

オンタロスの剣《けん》
——クラッシュ・ブレイズ

2006年7月25日　初版発行

著　者　茅田《かやた》　砂胡《すなこ》
発行者　早川　準一

印刷　三晃印刷（本文）
　　　大熊整美堂（カバー）
製本　小泉製本

発行所　中央公論新社
〒104-8320　東京都中央区京橋2-8-7
電話　販売部03(3563)1431
　　　編集部03(3563)3692
URL　http://www.chuko.co.jp/

Published by CHUOKORON-SHINSHA, INC.
Printed in Japan　ISBN4-12-500950-3 C0293

第3回 C★NOVELS大賞 募集中！

生き生きとしたキャラクター
読みごたえのあるストーリー
活字でしか読めない世界ー
意欲あふれるファンタジー作品を
待っています。

賞

大賞作品には賞金100万円

刊行時には別途当社規定印税をお支払いいたします。

出版

大賞及び優秀作品は当社から出版されます。

第一回受賞作 大好評発売中！

※特別賞※
[聖者の異端書]
内田響子

イラスト▼岩崎美奈子

※大賞※
[光降る精霊の森]
藤原瑞記

イラスト▼深遊

この才能に君も続け！

応募規定

❶原稿：必ずワープロ原稿で40字×40行を1枚とし、80枚以上100枚まで（400字詰め原稿用紙換算で300枚から400枚程度）。プリントアウトとテキストデータ（FDまたはCD-ROM）を同封してください。

【注意!!】プリントアウトには、通しナンバーを付け、縦書き、A4普通紙に印字のこと。感熱紙での印字、手書きの原稿はお断りいたします。データは必ずテキスト形式。ラベルに筆名・本名・タイトルを明記すること。

❷原稿以外に用意するもの。

ⓐエントリーシート
（http://www.chuko.co.jp/cnovels/cnts/cnts0603.pdf よりダウンロードし、必要事項を記入のこと）

ⓑあらすじ（800字以内）

❷のⓐⓑと原稿のプリントアウトを右肩でクリップなどで綴じ、❶❷を同封し、お送りください。

応募資格

性別、年齢、プロ・アマを問いません。

選考及び発表

C★NOVELSファンタジア編集部で選考を行ない、大賞及び優秀作品を決定。2007年3月中旬に、以下の媒体にて発表する予定です。

●中央公論新社のホームページ上→http://www.chuko.co.jp/

●メールマガジン、当社刊行ノベルスの折り込みチラシ及び巻末

注意事項

●複数作品での応募可。ただし、1作品ずつ別送のこと。

●応募作品は返却しません。選考に関する問い合わせには応じられません。

●同じ作品の他の小説賞への二重応募は認めません。

●未発表作品に限ります。但し、営利を目的とせず運営される個人のウェブサイトやメールマガジン、同人誌等での作品掲載は、未発表とみなし、応募を受け付けます（掲載したサイト名、同人誌名等を明記のこと）。

●入選作の出版権、映像化権、電子出版権、および二次使用権など発生する全ての権利は中央公論新社に帰属します。

●ご提供いただいた個人情報は、賞選考に関わる業務以外には使用いたしません。

締切

2006年9月30日（当日消印有効）

あて先

〒104-8320　東京都中央区京橋2-8-7
中央公論新社『第3回C★NOVELS大賞』係

主催・C★NOVELSファンタジア編集部

光降る精霊の森

藤原瑞記

故郷で事件を起こし潜伏する青年エリは、行き倒れ寸前の半精霊の少女と生意気な猫の精霊を拾ったばかりに、鷹の女王を訪ねる旅に巻き込まれ――第一回C★NOVELS大賞受賞作！

ISBN4-12-500910-4 C0293　価格945円（900）

カバーイラスト　深遊

刻印の魔女

藤原瑞記

魔女ウォレスに弟子入りしたトリシャは、忽然と姿を消した師匠を追い、旅に出た。時を同じくして、辺境では魔導士による殺戮事件が起こり――⁉
第一回CN大賞受賞者の受賞第一作登場！

ISBN4-12-500945-7 C0293　価格945円（900）

カバーイラスト　深遊

聖者の異端書

内田響子

結婚式の最中に消えた夫を取り戻すため、わたしは幼馴染の見習い僧を連れて城を飛び出した――封印された手稿が語る「名も無き姫」の冒険譚！
第一回C★NOVELS大賞特別賞受賞作。

ISBN4-12-500909-0 C0293　価格945円（900）

カバーイラスト　岩崎美奈子

天国の対価

おもひでや

宝珠なつめ

姉思いの弟、夢破れた野球選手、そして友を探す老人。強い想いを抱く者にのみ扉は開かれる――世界の片隅に存在する小さなお店を舞台に繰り広げられるファンタジック・ストーリー。

ISBN4-12-500944-9 C0293　価格945円（900）

カバーイラスト　相沢美良